SAMHRADH
AN CHÉASTA

Catherine Foley

ff

FOGHLAIMEOIRÍ FÁSTA
*Leabhair*COMHAR

SAMHRADH
AN CHÉASTA

Catherine Foley

Foras na Gaeilge

Tá Comhar faoi chomaoin ag Clár na Leabhar Gaeilge (Foras na Gaeilge) as tacaíocht airgid a chur ar fáil le haghaidh fhoilsiú an leabhair seo.

An chéad chló © 2010 Catherine Foley
ISBN 978-0-9557217-3-1
Foilsithe ag **Leabhair**COMHAR
(inphrionta de COMHAR Teoranta, 5 Rae Mhuirfean, Baile Átha Cliath 2)
www.leabhaircomhar.com

Eagarthóirí comhairleacha: Siún Ní Dhuinn & Liam Mac Amhlaigh
Eagarthóir cóipe: Gabriel Rosenstock
Clúdach: Eithne Ní Dhúgáin
Dearadh: Graftrónaic
Clódóirí: Brunswick Press

Clár

Caibidil a hAon

1 Ag troid lena máthair   1
2 An turas ar an traein   4
3 Tuirlingíonn Neasa   9

Caibidil a Dó

4 Ag socrú isteach   14
5 An custaiméir is dathúla   17
6 Réimse cuairteoirí sa siopa   21
7 An coinne   28

Caibidil a Trí

8 Istigh leis na seantuismitheoirí   38
9 Téann na piollairí i bhfeidhm   43
10 Cuairteoir gan choinne   47
11 Dúnmharú sna nuachtáin   54
12 Tuigeann an dochtúir   58

Caibidil a Ceathair

13 An mangaire arís   63
14 Gadaíocht sa siopa   67
15 Tagann a máthair agus a hathair   69
16 Cuireann sí an plean i bhfeidhm   78

Caibidil a Cúig

17 Tionchar an ionsaithe   82
18 Neasa ag dúiseacht   87
19 Na míonna a lean   91
20 Clabhsúr   93

An Ghluais   95

I gcuimhne ar m'uncail, Breándán Ó Foghlú.

CAIBIDIL A hAON

1. Ag troid lena máthair

Bhí sí ar buile lena máthair. Chrom sí a ceann ag ligean dá gruaig dhubh titim timpeall uirthi mar a bheadh masc uirthi toisc nár theastaigh uaithi ligean dá máthair a fheiceáil go raibh a súile lán de dheora. Bhí a máthair le himeacht uaithi ar feadh an tsamhraidh. Bhraith sí néal éadóchais ag titim go mall anuas uirthi.

Ní raibh a máthair in ann a haghaidh a fheiceáil ach thuig sí go raibh díomá agus fearg ar Neasa. Sheas sí sa chistin ag féachaint uirthi, ag iarraidh í a láimhseáil, ag iarraidh í a thuiscint. Ní raibh sé éasca. Go tobann, d'ardaigh Neasa a ceann arís agus phléasc sí.

"Is feallaire tú," a scread sí. "Bhí tú ag insint bréige dom an t-am ar fad. Is bréagadóir thú. Is fuath liom do chuid leithscéalta. Níl mé chun fanacht anseo a thuilleadh."

Léim sí ina seasamh agus racht feirge uirthi ach níor stop sí ag tabhairt amach. Sheas sí ag an mbord ag leanúint ar aghaidh leis an mbéicíl.

"Ní thuigeann tusa faic," a scread sí agus í ag oscailt dhoras na cistine. "Is tusa an mháthair is measa a d'fhéadfadh a bheith agam. Tá tú chomh cruálach, tá tú chomh lofa sin. Is fuath liom thú. Is fuath liom do jab. Is fuath liom Páras agus is fuath liom thar aon áit eile an Pasáiste. Ní fhanfaidh mé ann, creid é sin. Tá mé á rá leat. Ní rachaidh mé ann. Fanfaidh mé le Daid. Beidh sé siúd sásta áit a thabhairt dom. Tuigeann sé siúd cad atá ar siúl agatsa, go bhfuil tú ag iarraidh fáil réidh liom."

Bhí guth a máthar ar crith nuair a thosaigh sí ag caint, ag iarraidh í a mhealladh ar ais sa chistin, ag iarraidh í a chiúnú. Thuig sí go raibh a hiníon gortaithe, go raibh sí i bpian cheart. Bhraith sí an-chiontach. Thuig sí an fáth a raibh sí chomh crosta, chomh míréasúnta sin léi.

"Tá a fhios agam go bhfuil ár bpleananna scriosta. Tá a fhios agam go rabhamar chun taisteal le chéile ar an Mór-Roinn an samhradh seo ach, a Neasa, caithfidh tú a thuiscint gur deis iontach í seo domsa agus duitse chomh maith. Ní féidir diúltú di. Ní fhéadfainn. Caithfidh mé dul ar an sparánacht* seo agus imeacht go Páras ag tús mhí an Mheithimh. Ní féidir glacadh leis i rith na scoilbhliana, tá a fhios agat é sin." Ghlac sí anáil agus d'fhan sí ar feadh nóiméid sular lean sí leis an scéal.

"Beidh ort dul go dtí do sheantuismitheoirí ach tá siad an-deas agus ba bhreá leo tú a fheiceáil. Ní dóigh liom go mbeidh sé uafásach ar chor ar bith. Beidh saoirse agat uaimse agus ón gcathair."

Bhí Neasa tar éis gach rud a ullmhú don turas lena máthair ar an Mór-Roinn. Bhí sí croíbhriste agus díomách anois. Bhí sí ar mire. D'imigh sí amach as an gcistin sula dtosódh sí ag gol. Ní thabharfadh sí an sásamh sin di í a fheiceáil ag caoineadh mar leanbh. Chas sí sa halla agus chaith ceist amháin ar ais chuig a máthair:

"Bhuel, an bhféadfainn fanacht anseo liom féin?" ar sí.

"Tá a fhios agat nach bhféadfá," a d'fhreagair a máthair.

Thuig sí gurb é sin an deireadh. Bhí sí bréan den chaint agus níor theastaigh uaithi aon leithscéal eile a chloisteáil uaithi.

"Ní féidir, ní féidir, *blah, blah, blah*," ar sí. Bhí Neasa chomh crosta agus chomh feargach sin nach bhféadfadh sí aon rud eile a rá. Bhailigh sí a mála agus a cóta ón gcathaoir. Theastaigh uaithi éalú. Ní raibh ach nóiméad aici sula dtosódh na deora i ndáiríre.

"Stad ag caint, is cladhaire den chéad scoth thú," ar sí de ghlór íseal. Bhí a fhios aici go raibh a máthair ag iarraidh í a mhealladh ar ais nuair a rith a máthair ina diaidh ag iarraidh stop a chur léi.

"A Neasa, a chailín, ná bí mar sin, ná bí ar buile liom. Tá díomá ormsa chomh maith ach seo deis iontach, tuigeann tú é sin. Ní bhfaighidh mé deis mar seo go deo arís. Caithfidh mé glacadh leis. Tá sé an-tábhachtach. Tar ar ais, a Neasa."

Chuala sí guth a máthar ag impí uirthi ach ba chuma léi faoi sin anois. Bhí sí bréan den chleasaíocht. D'imigh sí amach an doras agus chuaigh sí go dtí teach a carad a bhí thíos an bóthar uaithi. D'fhan sí léi ag éisteacht le ceol Lady Gaga agus ag comhrá ar feadh an tráthnóna. Nuair a chuir a máthair glao ar theach Uí Shúilleabháin níos déanaí chuala sí máthair Shorcha ag rá léi go raibh sí leo.

"Tá siad le chéile thuas staighre. An dteastaíonn uait labhairt léi?" arsa Bean Uí Shúilleabháin. "Ní theastaíonn? Ceart go leor, a Ghobnait," ar sí. "Ná bí buartha ar chor ar bith. Déarfaidh mé leat má fhágann sí an teach s'againne."

Bhí Neasa ar buile go raibh sí ag iarraidh spiaire a dhéanamh de Bhean Uí Shúilleabháin. Nuair a bhí sé dorcha agus an-déanach, d'fhill sí abhaile. Bhí a máthair sa chistin ag fanacht uirthi sa dorchadas. Chonaic Neasa splanc a toitín ag lonrú ann. Bhraith sí an-tuirseach.

"An raibh aon dinnéar agat?" a d'fhiafraigh a máthair di.

"Bhí," a d'fhreagair sí. Níor cheap sí go raibh sí ag insint bréige di mar bhí sí tar éis mála criospaí a ithe in éineacht le Sorcha. Chuir sí pus millteach uirthi féin agus chuaigh i dtreo an staighre.

"Tá mé ag dul a chodladh," ar sí.

"Nóiméad, a Neasa, bhí mé buartha. Ní theastaíonn uaim ár bpleananna a athrú mar seo. Nuair atá tú fásta tuigfidh tú é sin. Ní theastaíonn uaim geallteanas a bhriseadh mar seo ach níl aon rogha agam. Tá díomá ollmhór ormsa chomh maith," arsa a máthair léi.

"Sea," a d'fhreagair Neasa. "Tá a fhios agam," ar sí, na deora ag tosú arís.

2. An turas ar an train

Bhí uirthi géilleadh sa deireadh, gan amhras. Ní raibh sí in ann fanacht léi féin i mBaile Átha Cliath. Dúirt a hathair go raibh sé ró-ghnóthach agus róghafa le cúrsaí bleachtaireachta sa chathair chun aire a thabhairt di ach bhí Neasa den tuairim nár theastaigh óna bhean chéile nua, Jessica, í a bheith aici ar feadh an tsamhraidh. Níor lig sí isteach sa teach rómhinic í ar chor ar bith.

"Ní chuirfidh mé isteach ort in aon chor," a gheall sí dó ar an Domhnach nuair a bhí sí ag dul ar ais sa charr leis i ndiaidh di a bheith ar cuairt acu ar feadh an tráthnóna.

"Is féidir liom a bheith an-chiúin. D'fhéadfainn aire a thabhairt do Jason agus d'fhéadfadh sibhse dul amach istoíche," ar sí.

"Tá an-bhrón orm, a Neasa," ar seisean léi. "Tá sé dodhéanta faoi láthair. B'fhéidir san fhómhar nuair a bheidh tú ar ais ar scoil. Is féidir leat teacht go rialta ag an deireadh seachtaine."

"Ceart go leor," a d'fhreagair sí.

"An dtuigeann tú?" arsa a hathair léi.

"Tuigim, a Dhaid," ar sí os íseal. Bhí sí an-uaigneach ina dhiaidh sin. Bhí a fhios aici nach raibh sí tarraingteach a dóthain dá teaghlach nua. Bhí sí den tuairim go raibh sí ramhar agus gránna.

Cailín ciúin cúthail gruama mar sin a bhí ag taisteal ar an traein go cathair Phort Láirge an lá úd. Bhí sé ag cur fearthainne go trom lasmuigh, na braonta mí-ámharacha* ag bualadh i gcoinne na fuinneoige, mar a bheadh féinmharú á dhéanamh acu orthu féin, a shamhlaigh sí. Bhí an aimsir ar comhghiúmar léi féin, duairc, míthrócaireach. Ba chuma léi. D'fhág sí slán ag an gcathair ar feadh an tsamhraidh. Ní fheicfidh sí a Daid go ceann míosa nó níos mó.

Bhí a hathair ag obair leis an nGarda Síochána. Bhí a phost an-dainséarach. Bhí gunna aige agus bhí sé an-chúramach mar gheall ar chúrsaí slándála sa teach agus sa charr. Go minic bhí air dul go dtí an Chúirt Choiriúil i lár na cathrach chun fianaise a thabhairt. Chaith sé a shaol ag plé le coirpigh, le drugaí agus le híobartaigh a bhí tar éis fulaingt i slí éigin. Bhíodh sé an-ghnóthach agus an-déanach d'ócáidí sa bhaile i gcónaí. Scar a mháthair uaidh sé bliana ó shin. Nuair a bhí siad le chéile, bhídís i gcónaí ag argóint mar nach raibh aon fhoighne ná tuiscint ag a máthair do chúraimí a phoist.

Bhíodh sí i gcónaí ag tabhairt amach dó nuair nár éirigh leis teacht abhaile in am.

Bhuail a hathair leis an mbangharda Jessica trí bliana ó shin agus phós siad go luath ina dhiaidh sin. Bhí leanbh acu anois, Jason. Bhí sé go hálainn. Ní raibh sé ach dhá bhliain anois ach chuir sé gliondar ar chroí Neasa. Bhí miongháire álainn aige agus bhí sé i gcónaí gealgháireach. Uaireanta d'fhan Neasa le Jessica agus a hathair ach níor réitigh sí ró-mhaith lena leasmháthair, mar sin, ní rómhinic a fuair sí deis a hathair a fheiceáil ná súgradh lena leasdeartháir.

Bhí Neasa neirbhíseach agus faiteach ar an traein ach thar aon rud eile, bhí sí feargach. Bhí sí fós ar buile lena máthair a bhí imithe thar lear, sparánacht chónaithe bronnta uirthi chun trí mhí a chaitheamh i bPáras. Bheadh sí ar iarraidh an samhradh ar fad ag spaisteoireacht ar fud na Fraince, ag déanamh ealaíne, lonnaithe san ardchathair. D'fhág sí í ag stáisiún na traenach. Ar a laghad ní bheadh sí cráite aici faoin méid a d'íosfadh sí. Bheadh saoirse aici.

"Slán leat, a chailín, mo bhanphrionsa álainn. Bí go maith. Fan go bhfeicfidh tú. Bainfidh tú ardtaitneamh as an bPasáiste," ar sí. Bhí sí tar éis guthán nua a cheannach di mar bhreab.

"B'fhéidir go dtitfidh tú i ngrá," ar sí ag béicíl amach ag gáire. Ba bheag nár bhuail Neasa í. Sa deireadh, ba chuma cad a dúirt sí léi, ba léir di nár chás lena máthair aon ní ach a fheiceáil go raibh a pas in ord, a sparán lán agus na ticéid don turas chuig Páras ina seilbh aici, agus í á seoladh faoi dheifir ó dheas.

Cuireadh Neasa go dtí a seanathair agus a seanmháthair chun na laethanta saoire a chaitheamh ina dteannta. Níor cheap sí go bhféadfadh sí a bheith socair sásta ag fanacht sa teach leo ach ní raibh aon rogha aici.

Bhí a mála trom lena ríomhaire agus a cuid leabhar. Bhí a lán éadaí, bróga agus giuirléidí* eile aici chomh maith. Bhí a málaí go léir timpeall uirthi nuair a fágadh í, nuair a tréigeadh í, mar a mheas sí, ar an ardán. Is cineál dídeanaí* bocht mé ag teitheadh ó m'áit dhúchais, mar a fheictear go minic ar an teilifís, a cheap sí. Bhí sí cinnte gur thuig sí cás na dteifeach níos fearr anois.

Bhuail sí le Dúghlas ar an traein. Bhí sé ina shuí os a comhair amach ag stánadh uirthi, é beag bídeach, a ghéaga clúdaithe le tatúnna. Bhí Neasa fiosrach faoi ón tús, gan amhras, mar bhí sé aisteach agus cineál dathúil. Bhí guth an-ghalánta aige ach bhí sé dainséarach agus salach. Chuir sé sin le draíocht agus rúndiamhracht a phearsan. Mhothaigh sí an fuinneamh corraitheach míshocair a bhí ag baint leis. Bhí sé cineál fiáin agus iomlán difriúil ar nós ainmhí éigin – mac tíre b'fhéidir nó sionnach. Coirpeach a bhí ann, b'fhéidir.

D'fhan sí sa suíochán ag faire air go discréideach, agus sceitimíní uirthi. Bhí eagla uirthi ach bhí sí faoi dhraíocht ag a fhiántas chomh maith. Bhí hata tarraingthe siar ar a cheann aige agus é ag iarraidh a shúile a chlúdach. B'fhéidir go raibh sé scanraithe ag rud éigin. Tá an saol dian air siúd chomh maith a bhí sí ag ceapadh. Chonaic Neasa é ag bogadh sa suíochán agus theastaigh uaithi a bheith mar chara aige. Theastaigh uaithi a bheith cineálta leis.

Sa deireadh thosaigh sé ag caint léi. Bhí sé cairdiúil ach an-chúramach, ag féachaint thart i gcónaí. Dhíol sé na drugaí léi. Conas a tharla sé sin? Ní raibh a fhios aici. Ach pé rud a dúirt sé, theastaigh uaithi a thaispeáint dó nach páiste a bhí inti agus bhí sé dathúil ar nós an diabhail agus mealltach chomh maith. B'fhéidir go ndúirt sé rud éigin mar gheall ar cé chomh hóg is a bhí sí agus nach gcreidfeadh sé go mbeadh aon bhaint aici leis siúd nó aon tuiscint aici ar chúrsaí an tsaoil. Sea, sin an rud a tharla.

"Is piollairí iad chun meáchan a chailleadh. Ní dóigh liom gur chóir duitse a bheith ag iarraidh táibléid mar seo a thriail," a dúirt sé agus miongháire air. Bhí sé ag iarraidh a bheith cairdiúil ach chúb Neasa chuici féin láithreach mar bhí sí maslaithe ag an tagairt phearsanta dá corp. Ag an am céanna, bhí spéis aici sna piollairí chomh maith.

"An bhfuil costas orthu?" a d'fhiafraigh sí de. Theastaigh uaithi rud éigin a chruthú dó, go raibh sí fásta suas, go raibh sí neamhspleách. Sa deireadh, ní raibh na piollairí róchostasach.

"Is féidir leat an mála sin a bheith agat," a d'fhreagair sé. "Níl aon phraghas orthu sin ach tá fiche euro orthu ar na cinn seo." Thug sé dosaen piollaire bándearg agus mála beag de tháibléid bhána di.

"Tóg m'uimhir sa seans go mbeifeá ag iarraidh teacht orm," a dúirt sé, agus é ag féachaint go magúil uirthi. Labhair sé ar nós craoltóir raidió.

"Tóg m'uimhirse," ar sise agus scríobh sí a huimhir síos ar bhlúire páipéir dó, "sa seans go mbeifeá ag taisteal tríd an bPasáiste."

Thóg sé an uimhir uaithi agus chuir isteach ina phóca é, miongháire ar a aghaidh agus é ag féachaint uirthi go mealltach. Bhí sé ródhéanach a huimhir a thógáil ar ais. Bhí sé déanta aici anois mar bhí sí ag iarraidh a bheith oscailte agus ar aon leibhéal leis cé go raibh a fhios aici go mbeadh a hathair ar buile léi dá mbeadh a fhios aige go raibh a leithéid déanta aici.

"B'fhéidir go bhfeicfimid a chéile go luath arís, a Neasa," a dúirt sé agus chuimil sé a grua lena mhéar go súgach. "B'fhéidir go seolfaidh mé téacs chugat, agus is féidir leat teacht ormsa go han-éasca."

"Ceart go leor," arsa Neasa agus í faoi dhraíocht aige. Bhí Neasa an-sásta léi féin ansin. Ní raibh aon rud mícheart leis sin, uimhir a thabhairt dó. Bhí an fear óg cairdiúil, ní raibh aon rud bun os cionn leis. Nuair a bhain siad Port Láirge amach, bhailigh sé leis ar nós na gaoithe.

3. Tuirlingíonn Neasa

Bhí Séimín agus Lilí ag fanacht léi ar an ardán, áthas orthu í a fheiceáil. Beirt seanóirí, bróga fóinteacha* orthu araon, iad cromtha críonta agus gruaig liath ar an mbeirt acu. Bhí siopa beag sa bhaile acu agus bhí siad ina gcónaí taobh thiar den siopa. D'oibrigh Séimín sa siopa gach lá. D'fhan Lilí sa teach, ag ullmhú na mbéilí agus ag glanadh an tí. Ní raibh ach an páiste amháin acu, máthair Neasa, Gobnait.

Ní raibh aithne rómhaith ag Neasa orthu mar ní raibh sí tar éis teacht chucu le cúpla bliain anuas. B'fhuath lena máthair teacht ar ais chucu ar a gcuid laethanta saoire, ach go háirithe ó scar sí.

Bhailigh Séimín a mála agus a cás agus aon rud eile a bhí aici agus chuaigh siad i dtreo an ghluaisteáin. Ní fhéadfadh Neasa a bheith drochbhéasach leo. Chuir sí na piollairí ina mála i bhfolach uathu. D'fhreagair sí a gceisteanna.

"An bhfuil tú tuirseach i ndiaidh an turais?" a d'fhiafraigh Lilí di. Dúirt sí léi nach raibh sí tuirseach ar chor ar bith.

"Níl mé tuirseach ar chor ar bith," ar sí arís mar chonaic sí an fhéachaint a thug siad dá chéile. Rith sé léi go raibh siad ag spochadh aisti nó go raibh siad ag fanacht le scéal uafáis éigin uaithi.

Bhí siad an-mhór lena chéile, ba léir sin. Ní raibh aon searbhas ná uisce faoi thalamh ann. Bhí siad oscailte macánta cairdiúil. D'admhaigh sí di féin go raibh an-chaidreamh* eatarthu. Thuig sí é sin ach ba chuma léi. Bhí cinneadh déanta aici éalú uathu.

Thug Lilí sonc sa taobh di nuair a thug Séimín fiche euro di "chun cúpla milseán" a cheannach agus chaith sí a súile suas go dtí na flaithis* chomh maith.

"Cén saghas gamail thú, a Shéimín? Ní páiste í a thuilleadh, tá a fhios agat é sin. Tá sí sé bliana déag d'aois anois. Féach uirthi. Tá sí ard agus dathúil. Milseáin! A Thiarna, níl tuairim faoin spéir aige, a Neasa." Agus ag casadh ar Shéimín ar sise leis, á ghríosú: "Ceapaim gur chóir duit a thuilleadh airgid a thabhairt di. Ní cheannóidh sí mórán leis sin." Chaoch sí a súil go discréideach ar Neasa agus thug sí sonc eile sa taobh di. Rinne Neasa gáire beag.

"A Lilí, ná bí ag cur do ladhair isteach inár ngnó. Tá sé seo príobháideach*," arsa Séimín, agus é ag gáire. "Beidh sí ag ceapadh gur cineál Onassis mise. Gheobhaidh tú a thuilleadh, a Neasa, ar an Aoine le cúnamh Dé," ar sé.

D'fhéach Séimín ar an mbeirt bhan agus chroith sé a cheann go tuisceanach mar a dhéanfadh múinteoir scoile. Thuig Neasa go raibh splanc idir an bheirt i gcónaí. Bhí sé sin soiléir tar éis cúpla nóiméad a bheith ina dteannta – ag tabhairt aire dá chéile, ag siúl an-chóngarach dá chéile, ag breith láimhe ar a chéile. Bhí sé an-deas é a fheiceáil. Tháinig cuimhneacháin na laethanta saoire a bhí caite aici leo ar ais chuici. Bhí an bheirt acu mar sin i gcónaí – ag pleidhcíocht agus ag magadh faoina chéile. Bhí sé greannmhar de ghnáth ach inniu ní raibh an giúmar uirthi.

Ba mhór an trua nár mhair an splanc speisialta sin idir a máthair agus a hathair ach scéal eile ab ea é sin agus bhí siad scartha anois, agus ní raibh leigheas air. Lig sí osna gan fhios di féin. D'fhéach an tseanlánúin ar a chéile go himníoch ar feadh nóiméid.

Ach bhí an tráthnóna ag glanadh agus shuigh an triúr acu isteach sa charr. Thiomáin siad leo abhaile go dtí an Pasáiste Thoir ar bhruach na Siúire. Bhí an bóthar ar eolas ag Neasa ó bhí sí ina cailín óg. Chas siad agus chuaigh siad le fána síos i dtreo na farraige, na céanna agus na báid. Thit a croí mar chuir an radharc déistin uirthi ach choimeád sí a béal dúnta. Ní raibh déagóir ná duine óg le feiceáil sa sráidbhaile. Bhí go leor páistí óga ag rith timpeall, a dtuismitheoirí ag rith ina ndiaidh, ach ní raibh aon duine óg cosúil léi féin ann. Bhí an sráidbhaile seo tréigthe uaigneach marbh, dar léi.

Ní raibh siopaí faisin ná ollmhargadh le feiceáil. Theastaigh uaithi gol ar an spota. Bhí sí mí-ámharach. Bhí a cairde fágtha ina diaidh aici. Bhí an chathair fágtha. Bhí a saol ag sleamhnú uaithi. Cá raibh sí ag dul? Chonaic sí na seantithe agus na sráideanna cúnga, na fuinneoga bídeacha, na ráillí meirgeacha*. Bhí an áit seo bocht. Bhí sé oiriúnach do leanaí mar bhí sé chomh simplí sin ach ní raibh aon rud ann dá leithéidse. Nuair a bhí sí óg, cheap sí go raibh sí ar neamh nuair a thagadh sí go dtí an Pasáiste ar a laethanta saoire lena hathair agus a máthair. Mar chailín óg, chaith sí laethanta sona ar an trá ag imirt, ag snámh agus ag ithe uachtair reoite. Ach bhí rudaí eile anois uaithi.

Stad an carr agus sheas sí amach sa chearnóg os comhair an tí. Bhí an siopa beag grósaera ag gobadh amach ón teach. Bhí sé socraithe ag Gobnait agus ag na seanóirí – gan aon cheist a chur ar Neasa faoi seo – go n-oibreodh sí ann in éineacht lena seanathair gach lá óna deich go dtí a haon agus óna dó go dtí a ceathair ag cabhrú leis. Bhí sí chun airgid a thuilleamh sa tslí sin. Gheobhadh sí a híocaíocht gach Aoine.

Chuaigh siad isteach sa chistin. Áit phlúchta. Céas anois mé, a smaoinigh Neasa. Bhí sí éadóchasach* agus caillte an chéad oíche sin.

Theastaigh uaithi scréach a ligean. Cheap sí go maródh sí a máthair. Dá ndéarfadh duine éigin léi go raibh sí chun dul i ngleic le coirpeach ar son an Gharda Síochána nó go raibh sí chun titim i ngrá le buachaill ón bPasáiste roimh dheireadh an tsamhraidh, ní chreidfeadh sí iad. Ach, mar a dúirt a máthair léi, ní minic a bhíonn a fhios againn cad atá i ndán dúinn.

Dhein sí cinneadh na piollairí aiste bia a bhí faighte aici ó Dhúghlas a ghlacadh go laethúil. Rachadh sí ar aiste bia. Bhí siad seo tógtha cheana aici. Bhídís ag Christine i mBaile Átha Cliath. Ach scartha óna máthair, bheadh sí in ann iad a thógáil gan bhriseadh le linn an tsamhraidh agus bheadh sí in ann súil ghéar a choimeád ar an méid a d'ith sí chomh maith. Chabhródh na piollairí léi éirí tanaí agus álainn. Rachadh sí abhaile agus cruth nua uirthi, pearsa nua aici. Athródh rudaí ansin. Ní bheadh a fhios ag aon duine go raibh siad á dtógáil aici. Bhí a máthair i gcónaí ag rá léi go raibh sí álainn, ach níor ghlac sí leis sin. Ní raibh ansin ach cur i gcéill. Chonaic Neasa í féin agus thuig sí cé chomh gránna, cé chomh ramhar, cé chomh mí-eagraithe, cé chomh míchumasach* is a bhí sí. Bhí sí i dtaithí ar an teip.

"Tá sceallóga déanta agam duit, a Neasa. An maith leat sceallóga?" Bhí Lilí chomh lách sin agus í ag iarraidh na potaí troma a láimhseáil ar an sorn; ní fhéadfadh Neasa diúltú di.

"Is maith, sea, tá siad an-deas," a d'fhreagair Neasa. Leath an sásamh ar fud aghaidh Lilí.

"Go maith. Bhí a fhios agam go dtaitneoidís leat." Bhí ar Neasa cuid acu a ithe. Bhí siad dea-bhlasta agus d'alp sí siar iad. Bhí Lilí chomh gealgháireach agus áthasach sin ag féachaint uirthi ag ithe na sceallóg gur ith sí iad go toilteanach ach bhraith sí slabhra intinne ag teannadh uirthi. Bheadh uirthi rud éigin a dhéanamh faoi seo níos déanaí sa seomra folctha agus thosódh sí arís an lá arna mhárach ar an troscadh.

CAIBIDIL A DÓ

4. Ag socrú isteach

I AM SO BORED, a scríobh sí sa téacs. *WAT U DOIN*? a lean sí agus sheol ar aghaidh é chuig Sorcha, Christine, Jackie agus Róisín ach bhí an comhartha chomh dona sin gur léim gach teachtaireacht ar ais. Cad a bhí á dhéanamh acu anois? An raibh siad ag bualadh lena chéile le haghaidh píotsa i lár na cathrach? Is dócha go raibh siad ag an bpictiúrlann nó imithe go dtí an chúirt leadóige. Smaoinigh sí orthu ag gáire, ag baint súip as an saol, ag siopadóireacht, ag ól caife. D'fhéach sí ar a seanathair agus a seanmháthair agus cheap sí go dtosódh sí ag gol. Is tromluí é seo, ar sí léi féin. Is príosúnach mé. Conas is féidir éalú?

Bhí a seomra codlata thuas staighre go deas. Bhí sé seanfhaiseanta, fuar agus tais in áiteanna ar na ballaí ach bhí draíocht ag baint leis ag an am céanna. Bhí fuinneog chearnógach ag féachaint amach ar an abhainn agus ar na céanna. Bhí a mála fágtha ag Séimín ar chathaoir di.

Láithreach chuaigh sí ag lorg a ríomhaire glúine chun teagmháil a dhéanamh leis na cailíní ar *facebook* ach ní raibh aon leathanbhanda sa teach. Nuair a thuig sí é sin, thit a croí. Cad a dhéanfadh sí gan an ceangal sin lena cairde? Bhí sé a deich a chlog. Tharraing sí cic ar an mballa agus lig scread aisti lena frustrachas millteach a scaoileadh.

Ar a laghad bhí *iPod* aici. Conas a mhairfeadh sí gan amhránaithe ar nós Lady Gaga, Katy Perry, Amy Winehouse, Beyoncé, Little Boots agus Sheryl Crow?

Nuair a chuir a mháthair glao uirthi tamaillín ina dhiaidh sin chun a chinntiú go raibh sí ceart go leor, d'inis sí di mar gheall ar an leathanbhanda. Bhí a fhios aici go raibh sé páistiúil ach bhí sí uaigneach chomh maith. Theastaigh uaithi dul abhaile.

"Tá mé cinnte go bhfuil caife idirlín sa Phasáiste. Beidh ort íoc as ach cuirfidh mé an t-airgead chugat chuige sin an chéad rud maidin amárach," a gheall sí.

"Óicé," arsa Neasa. "Go raibh maith agat."

Ach go rúnda, chuir sí an milleán ar a máthair. Murach í, ní bheadh sí anseo tréigthe sa Phasáiste. Ní pasáiste a bhí ann ar chor ar bith, ach lánstad mar ní raibh an baile beag ag dul in aon áit. Bhí sé greamaithe sa láib ag bun na habhann. Mhúch sí an solas agus líon an seomra le scáthanna na hoíche. Chuaigh sí trasna go dtí an leaba luascáin le croí trom agus luigh sí isteach air. Bhí sí feargach léi féin. Theastaigh uaithi díoltas a bhaint amach. D'fhéach sí amach an fhuinneog agus chonaic sí an ché ba ghaire di. Bhí sé ag éirí dorcha, an ghrian ag dul faoi, scáthanna fada na dtithe arda ag síneadh amach mar mhéara agus línte solais ag trasnú an dorchadais ag na soilse a bhí ag lonrú ar an tsráid, ar an uisce agus ar na báid. Bhí beirt iascairí ag caint lena chéile faoi sholas sráide aonarach amháin.

D'oscail sí an fhuinneog agus líonadh an seomra le fuaim na taoide agus monabhar na bhfear thíos ar an gcé.

Bhí sí ag bun tobair, ag féachaint in airde ar an oíche, ar an spéir a bhí sínte i bhfad uaithi. Bhí sí beag bídeach léi féin ansin. Chuaigh sí go dtí an seomra folctha agus dhein sí an jab. D'úsáid sí a méar mar ghobán ina béal. Níor thóg sé ach nóiméad. Chaith sí aníos na sceallóga ar fad. Mhothaigh sí a bolg ag dúnadh agus ag oscailt go frithluaileach mar a bheadh mileoidean. Lean sí ar aghaidh go dtí nach raibh aon rud fágtha istigh ina goile agus go raibh sí spíonta agus ag cur allais.

Chuaigh sí ar ais go dtí a seomra ansin agus shuigh ar an leaba. Ghlan sí a béal lena lámh. D'ísligh sí láithreach isteach sa leaba ag luascadh ar na spriongaí spíonta a bhí faoin tocht sa tseanleaba iarainn. Ní fhéadfadh sí gan miongháire a dhéanamh. Leaba luascáin a bhí ann, i ndáiríre. Thóg sí an chéad phiollaire agus shlog braon uisce anuas air, í ag ól as buidéal a thóg sí as a mála taobh léi. Luigh sí ar ais ar an leaba arís agus thit ina codladh.

Thíos staighre, bhí Lilí beagnach ina codladh agus bhí Séimín ag féachaint ar chlár teilifíse. Bhí sé an-te sa seomra. Bhíodar an-chneasta ach bhí a fhios ag Neasa nár thuig siad a cruachás.

Lá arna mhárach, thóg sí piollaire eile. Bhí siad ag feidhmiú ceart go leor mar ní raibh ocras ar bith uirthi nuair a shuigh sí síos le haghaidh bricfeasta. Níor thug Lilí faoi deara nár ith sí mórán.

Chuir sí an *iPod* a bhí aici ar siúl. Gheobhadh sí bás mura gcloisfeadh sí ceol rithimeach na siamsaíochta. Chuaigh sí isteach sa siopa chun cabhrú le Séimín. Bhí sí an-ghnóthach ag cur earraí ar na seilfeanna agus ag fáil rudaí do chustaiméirí. Bhí uirthi rudaí a phacáil agus rudaí a aimsiú do dhaoine. Sula raibh a fhios aici bhí an mhaidin beagnach imithe. Bhí sí ag líonadh bosca le hearraí éagsúla – prátaí, bainne, arán, úlla, málaí tae, trátaí, subh, mil, gallúnach agus lasáin – nuair a shiúil Aodán isteach sa siopa.

5. An Custaiméir is Dathúla

Bhí sé fionn dathúil agus ard ar nós Danair. Shamhlaigh sí é ar bord loinge, a ghruaig spréite agus fionnadh ainmhí á chaitheamh aige. Torc mór airgid ag maisiú a bhrád agus adharca tairbh ar a cheann. Rinne sí miongháire léi féin. Uigingeach* ina steillbheatha is ea é, ar sí léi féin láithreach. Chúlaigh sí siar uaidh nuair a shiúil sé suas chun an chuntair agus luas faoi. Cé go raibh a croí ag léim nuair a chonaic sí é, fágadh ina staic í.

Sheas sí ag an gcuntar ag féachaint air, ag éirí dearg san aghaidh. Thug sí a shúile gorma faoi deara. D'fhéach sí síos go cúthail, náire an domhain uirthi nach bhféadfadh sí focal éadrom éigin a rá leis ach bhí a hintinn folamh.

Níor tháinig focal chuici. Níor chuala sí ach tonnta a cuisle ag bualadh i gcoinne a cluas go míthrócaireach.

Chas sé go dtí a seanathair chun an barra seacláide agus an bosca toitíní a cheannach uaidh. Bhí sé le dul amach ag iascaireacht. Bhí guth deas aige, ceolmhar domhain. Dhein sé casacht agus d'fhan sé go dtí gur thug Neasa a shóinseáil dó. Bhí ar Shéimín teacht i gcabhair uirthi sa deireadh. Chuir Séimín í in aithne dó.

"Seo mo ghariníon, a Aodáin," ar sé. Chroith siad lámh lena chéile. Bhraith sí an sruth leictreach ag rith suas a lámh agus tharraing sí siar go tapa, ag cúlú isteach mar a dhéanfadh giúrann*.

"Caithfidh tú teacht ar ais agus turas an bhaile bhig a dhéanamh léi. Níl aithne aici ar éinne anseo a thuilleadh. Tá siad go léir ró-óg nó ró-shean di, ceapaim. B'fhéidir go bhféadfá na radhairc a thaispeáint di." Bhí sí ar buile le Séimín. Nach raibh aon chiall aige? Bhí sí náirithe.

"Déanfaidh mé cinnte," arsa Aodán, miongháire ag leathnú trasna a bhéil. "Bí réidh, a Neasa. An dtiocfaidh mé chun tú a bhailiú ar an Déardaoin timpeall a seacht? Más maith leat?"

D'fhan sé leis an bhfreagra. Chlaon sí a ceann go tapa.

"Go hiontach. Baileoidh mé sa charr thú mar sin." D'fhéach sé uirthi go stuama ag fanacht ar fhreagra eile. Ní raibh pioc den débhríocht* ag baint leis an gcuireadh ná leis an bhfear óg. Bhí sé oscailte macánta cairdiúil.

"Tá go maith," arsa Neasa sa deireadh. "Go raibh maith agat."

Is ar éigean má bhí sí in ann labhairt.

"Ceart go leor," ar sé. "Sin coinne. Timpeall a seacht?" D'fhan sé arís agus chlaon sise a ceann arís. Dhein sé miongháire. Phioc sé suas a chuid toitíní agus an barra seacláide. Sular imigh sé labhair sé os íseal:

"Is féidir linn imeacht sa charr ar turas. Bíse id thurasóir agus beidh mise mar threoraí agat."

D'fhág sé slán leo agus d'imigh sé amach an doras. Chonaic sí é ag dul síos an ché, buataisí móra rubair á gcaitheamh aige, ag siúl mar a shiúlfadh buachaill bó tráth b'fhéidir.

"Tá sé ag iascaireacht le Liam le tamall anois. Téann sé amach leis gach samhradh. Déanann sé beagáinín airgid dó féin sa tslí sin," arsa Séimín léi agus an bheirt acu ag féachaint amach an fhuinneog ar Aodán.

Chonaic sí lámha Aodáin ag luascadh ó thaobh go taobh fad is a bhí a bhuataisí arda ag déanamh ceoil. Thit sí i ngrá leis go tobann ag an nóiméad sin. Ní raibh sí ag súil leis ach bhí sí faoi gheasa aige. Bhí sí faoi dhraíocht aige. D'eitil a croí amach chuige agus mhothaigh Neasa uaigneas léi féin ansin sa siopa beag in éineacht lena seanathair.

Bhí an ghaoth ag séideadh agus bhí gruaig Aodáin ag dul i ngach áit nuair a stop sé ag dréimire na cé chun dreapadh síos chuig an mbád. Chonaic sí é ag scaoileadh na téide, ag dreapadh síos an dréimire agus ag cur an mhótair ar siúl. Chonaic sí Liam, an fear eile a bhíodh in éineacht leis sa bhád. Bhí sé níos sine ná é. D'oibrigh an bheirt acu le chéile. Bhí na gluaiseachtaí a bhí acu ar nós *pas de deux* eatarthu, dar le Neasa. Bhí sé ar nós an bhailé – eisean cromtha, é siúd ag síneadh, eisean ag seasamh, é siúd ag casadh, a lámha de shíor ag tarraingt agus ag stróiceadh óna chéile. Theastaigh uaithi dul síos ar an gcé chucu ach tar éis nóiméid, bhí an bád ag súgradh ar an tonn agus i bhfaiteadh na súl, bhí siad imithe as radharc timpeall an chúinne.

Bhí a fhios aici go raibh sí tar éis titim i ngrá. Ar feadh tamaill, chan sí *Bleeding Love* os íseal, ag déanamh aithrise ar gheáitsí Leona Lewis. *"Closed off from love, I didn't need the pain...but something happened for the very first time with you/ my heart melted to the ground/ found something true/ and everyone's looking around/ thinking I'm going crazy."*

D'fhéach Séimín uirthi mar a bheadh bean a bhí tagtha ó dhomhan eile. Stán sé uirthi agus chiúnaigh sí go tobann. Thit sí ina tost. D'fhéach sí air agus í chomh dána le muc, á ghríosú chun rud éigin a rá, ach ní dúirt a seanathair aon rud. Cheap sé go raibh Neasa níos casta ná a máthair ach choimeád sé a bhéal dúnta. Ní raibh léamh ceart aige ar mheon na mban. Bheadh air a mhuinín a chur i Lilí. Thuigfeadh sí siúd cad a bhí ar siúl ag an gcailín.

Chonaic Neasa an easpa tuisceana sin agus bhraith sí an t-uaigneas ag teacht ina lánmhara isteach uirthi, ag líonadh agus ag líonadh. Shleamhnaigh sí síos ann, ag éirí níos daingne agus níos doichte san éadóchas de réir mar a chuaigh an mhaidin ar aghaidh. Bhí sí léi féin, uaigneach. Bheadh uirthi éalú. Bheadh uirthi a bheith an-láidir, an- ghéarchúiseach agus an-dian i leith an bhia agus i leith a saoil i gcoitinne. Chuir sí srian uirthi féin go míthrócaireach. Bheadh uirthi plean a chur le chéile.

Ag an am céanna, fad is a bhí sí ag obair sa siopa in éineacht le Séimín, choimeád sí súil ar bhun na cé go bhfeicfeadh sí an bád ag filleadh.

Ar feadh an lae, ar nós na taoide, bhí a spiorad ag líonadh agus ag trá. Bhí sí traochta agus náirithe, measctha agus gafa ag cúrsaí an tsaoil. Thuas seal, thíos seal. Theastaigh uaithi rith amach as an siopa. Níor cheap sí go bhféadfadh sí an bheirt seo a sheasamh an samhradh ar fad, ba chuma léi go rabhadar cineálta agus bog, aireach agus grámhar. Bhí sí cráite acu. Bheadh slí amach ag teastáil go géar uaithi sula i bhfad.

Bhí fonn millteach uirthi lámh a leagan ar uirlis éigin, tua, a chabhródh léi gníomh marfach a chur i gcrích chun an frustrachas seo a scaoileadh. D'fhéach sí ar chlúdach an leabhair le Dostoevsky a bhí á léamh aici. Bhí sé i gceist ag an bpríomhcharachtar ann dul sa tóir ar sheanbhean agus í a mharú le tua. Thuig Neasa go rímhaith conas a tharlódh a leithéid. Bhí sé áiféiseach*

ach riachtanach. Choimeád sí an leabhar faoi cheilt ón mbeirt. Bhí sé beartaithe aici dul ar thóir a tua féin chomh luath agus ab fhéidir.

6. Réimse cuairteoirí sa siopa

Ní bhfuair sí nóiméad chun a gníomh fealltach a chur i gcrích mar tháinig tiománaithe na veaineanna laethúla isteach sa siopa. Baineadh geit aisti nuair a chonaic sí na tatúnna. D'aithin sí iad láithreach. D'fhéach sí suas agus cé a bhí ann ach Dúghlas. Bhí sé ina sheasamh ag an gcuntar agus miongháire ar a aghaidh. Níor thuig Neasa cad as ar tháinig sé cé go raibh sceitimíní uirthi ag an am céanna.

"Tháinig mé chun tú a fheiceáil," ar sé. Cheannaigh sé bosca toitíní agus d'fhág an siopa go mall.

"B'fhéidir go bhfeicfidh mé arís thú in áit éigin," ar sé.

"B'fhéidir," arsa Neasa ar ais leis go cúthail agus í dearg san aghaidh.

"B'fhéidir go rachaimid amach sa charr ar turas oíche éigin," ar seisean. "Ar mhaith leat é sin?"

"Ba mhaith," arsa Neasa cé gur mhothaigh sí míchompordach.

"Cuirfidh mé téacs chugat. Slán, a Neasa."

Dhein sé moill ar leac an dorais nuair a las toitín agus é ag féachaint isteach uirthi go mealltach. Bhí seaicéad leathair air agus bríste géine.

Bhí Neasa an-sásta léi féin go raibh sé tagtha mar sin chun í a fheiceáil ach ansin tháinig fear an bhainne agus fear an aráin isteach i ndiaidh a chéile agus bhí uirthi cabhrú le Séimín. Bhí ruaille buaille sa siopa fad is a bhí siadsan ag déanamh a ngnó mar bhí custaiméirí eile ann agus ní raibh mórán spáis sa siopa. Bhí Neasa ag iarraidh na praghsanna a chur de ghlanmheabhair agus córas an tsiopa a fhoghlaim agus nuair a d'fhéach sí arís, bhí Dúghlas imithe.

Tháinig fear ó leoraí na dtorthaí agus fear eile ó leoraí na nglasraí níos déanaí. Thug gach tiománaí boscaí móra isteach sa siopa beag agus leag siad ar an urlár iad. D'íoc Séimín astu. Fuair sé an t-airgead sa tarraiceán a bhí aige sa siopa.

Arís, chuimhnigh Neasa cé chomh cosúil is a bhí a cás agus cás Raskolnikov i leabhar Dostoevsky, *Coir agus Pionós;* bhí sé ar intinn aige siúd airgead a ghoid ó sheanbhean. Bhí an t-airgead díreach mar a bhí sé i siopa a seanathar, ar fáil go hoscailte i dtarraiceán gan aon ghlas air. Go fóill beag, ná lig sinn i gcathú ach saor sinn ó olc, a dúirt sí léi féin agus miongháire ar a haghaidh agus í ag magadh faoi na paidreacha a bhíodh á rá ag a seanmháthair.

Sheas na fir éagsúla siar ansin agus d'fhan siad ag comhrá le Séimín faoi chúrsaí difriúla – an aimsir, an rialtas, an fharraige, na héisc agus an iascaireacht, costas na n-earraí, na bóithre nua, na tithe nua, polaiteoirí an rialtais. Níor chuala sí focal amháin mar gheall ar shaol na n-ealaíon, mar gheall ar ghailearaithe na cathrach, mar a tharlódh dá mbeadh a máthair i láthair. Ba chóir go mbeadh sí sásta agus dhein sí miongháire léi féin. Ba bhreá léi a bheith in ann labhairt lena máthair, tabhairt amach di fiú. Ach thuigfeadh a máthair na fadhbanna a bhí aici agus cé chomh leadránach is a bhí sé sa Phasáiste. Ba mhaith léi comhrá ceart a bheith aici léi. D'éist sí leo mar ba ghnách léi a dhéanamh, amhail is nach raibh sí ann, ag ligean uirthi féin go raibh sí dofheicthe. Ach níor éirigh lena cleas an babhta seo mar chuir Séimín in aithne do na tiománaithe ar fad í.

"Seo í mo ghariníon," ar seisean agus bród air.

"An í?" ar siad.

"Tá sí dathúil, nach bhfuil, a Shéimín? Beidh ort í siúd a choimeád faoi ghlas an t-am ar fad nó beidh trioblóid ann. Beidh na fir ag iarraidh aithne a chur uirthi."

"An í seo iníon Ghobnatan?" a d'fhiafraigh siad de.

"Is í," arsa Séimín agus bród air.

D'fhéach Neasa orthu go cúthail. Chuir a gcuid cainte déistin uirthi chun na fírinne a rá, mar bhí sí cinnte go raibh siad ag insint bréige di, go raibh siad ag magadh fúithi. Bhí a fhios aici nach raibh sí dathúil ar chor ar bith. Chroith siad lámh léi mar a bheadh aire nó banríon ina láthair agus d'éirigh siad ciúin ansin ag seasamh mar sin. Bhí Bairtí, fear meánaosta nach raibh pósta, i mbun an veain aráin. Bhí rian an phlúir ar a chóta, ar a ghuaillí ach go háirithe.

"Tá tú ag cabhrú le do sheanathair, an bhfuil?" arsa Bairtí léi.

"Tá," arsa Neasa.

"Is máistir crua é siúd, déarfainn," a dúirt sé agus é ag gáire. Ní dúirt Neasa aon rud. Stán sí air. Fear grinn de shaghas éigin is ea é, ach tá sé truamhéalach i ndáiríre, ar sí ina haigne féin. Rith sé léi go raibh uaigneas air chomh maith.

Bhí Tadhg ann agus boscaí móra de thorthaí á n-iompar isteach aige.

"Ná tabhair aon aird air siúd. Is bligeard é," ar sé ag síneadh a láimhe i dtreo Bhairtí. Ba léir go raibh sé ag magadh faoi. D'éirigh sí fiosrach fúthu go léir de réir a chéile.

"Ceapaim go bhfuil mé ag titim i ngrá leat, a Neasa," arsa Bairtí. "Tar liom as an siopa seo. Taispeánfaidh mise an domhan mór duit. An dtiocfaidh tú liom, a Neasa?"

Agus cé gur éirigh a haghaidh níos deirge agus níos deirge an t-am ar fad, bhain sí taitneamh as an gcaint. D'imigh siad ansin agus bhraith sí míchompordach arís agus chúlaigh isteach inti féin.

Bhí siad gnóthach sa siopa ar feadh na maidine. Chuir Neasa earraí ar sheilfeanna. Bhí an dinnéar acu – i lár an lae! Bhíodar chomh sean-fhaiseanta! Níor cheap sí go raibh éinne fágtha a d'íosfadh dinnéar i lár an lae. Bhí sé chomh Victeoiriach, a cheap sí. Nach raibh sé ráite ag éinne leo go raibh an mhílaois tagtha? B'fhéidir nach raibh a fhios acu go raibh sí beo, go raibh sí ina déagóir, go raibh sí ina cónaí leo, a cheap sí, ag féachaint orthu.

Níor lig sí uirthi nach raibh sí ag ithe mórán nó nach raibh sí i dtaithí ar dhinnéar a ithe ag an am sin. Ní dúirt Lilí aon rud léi. Tháinig leoraí le cannaí agus mianraí um thráthnóna agus arís bhí fuadar fúithi sa siopa. Thaitin an siopa léi. Bhí spórt ann an t-am ar fad.

Thosaigh sí ag cur aithne ar na seancharachtair a tháinig isteach. Bhí fear amháin agus máchail labhartha air. Bhí rud éigin á lorg aige ach theip uirthi é a thuiscint. Bhí Séimín imithe isteach go dtí an garáiste leis an gcarr. Coinneal a bhí á lorg ón bhfear seo ach ní fhéadfadh sí é a thuiscint ar chor ar bith.

"Grrrrullamhuchach," a chuala sí. Sheas sé os a comhair amach agus shín méar i dtreo na síleála, i dtreo na spéire, i dtreo na dtoitíní. D'éirigh sé feargach. Bhí seanchóta stróicthe á chaitheamh aige. Bhí sé salach chomh maith agus bhí boladh uaidh. Bhí Neasa i bponc go dtí gur tháinig Lilí amach as an gcúlchistin agus láithreach bhí sí in ann a méar a leagan ar choinneal dó. D'imigh mo dhuine agus pus air.

"Ná bac leis siúd," a dúirt Lilí léi. "Bíonn sé i gcónaí mar sin, ag tabhairt amach, míshásta leis an saol, is féidir leis a bheith an-mhífhoighneach agus drochbhéasach. Suigh síos agus déanfaidh mé cupán caife agus beimid ag caint."

Nuair a tháinig Lilí ar ais, bhí dhá chupán caife aici. Shuigh an bheirt acu agus d'ól siad leo. Bhí leisce ar Neasa labhairt léi. Bhí sí cinnte nach raibh aon rud le rá ag Lilí léi agus nach gcuirfeadh sí spéis in aon rud a bhí le rá aici. Cheap sí nach raibh ann ach cleas chun aithne níos fearr a chur uirthi agus chúlaigh sí siar uaidh sin. Níor mhaith léi go gcuirfeadh sí aithne níos fearr uirthi mar bheadh díomá uirthi dá n-éireodh léi, dar léi.

B'fhéidir go raibh siad ag iarraidh í a ghoid óna máthair. B'fhéidir go raibh a máthair sásta í a fhágáil sa Phasáiste mar seo, fágtha, dearmadta ...

D'fhan sí ina tost, glas ar a béal. Bhí sí ciúin ar feadh tamaill go dtí gur thosaigh Lilí ag insint di mar gheall ar an gcéad lá a chonaic sí Séimín. Spreag sé seo a cuid spéise ar feadh nóiméid.

"Bhí sé ag siúl trasna an droichid i bPort Láirge," ar sí. D'ith Lilí briosca fad is a bhí sí ag caint. Bhí ceann eile ann ach ní ligfeadh Neasa di féin é a bheith aici. Theastaigh uaithi a corp a choimeád faoi smacht. Bheadh gach rud ceart fad is a bhí sí ocrach, tanaí. Ní fhéadfadh sí an riail phearsanta sin a bhriseadh.

"An bhfuil a fhios agat gur bhuail d'athair agus do mháthair lena chéile anseo sa Phasáiste?" arsa Lilí léi.

Las súile Neasa, bhí sí fiosrach agus corraithe, agus shuigh sí suas díreach.

"Níor chuala mé é sin riamh. Tá sé dochreidte. Cheap mise go raibh siad i mBaile Átha Cliath, san ollscoil, nuair a thosaigh siad ag dul amach."

Choimeád Lilí faoina súil í, agus lean ag caint mar gheall ar a tuismitheoirí, ach go háirithe mar gheall ar mháthair Neasa nuair a bhí sí ina cailín óg.

"Bhuel, sea, thosaigh siad ag siúl amach le chéile san ardchathair ach bhí aithne acu ar a chéile roimhe sin. Tháinig d'athair bliain amháin ar a laethanta saoire go dtí an Pasáiste. Bhí sé in éineacht le beirt bhuachaillí eile. Ag campáil thuas in aice leis an tseanscoil a bhíodar. Thagaidís isteach sa siopa go rialta le haghaidh bainne is aráin agus mar sin de. Chuir do mháthair aithne ar an triúr acu sa tslí sin. Bhí sí fós ag dul ar scoil. Bhí d'athair sa chéad bhliain ar an ollscoil ag an am, bhí an chéad bhliain díreach críochnaithe aige. Chaith siad dhá sheachtain anseo."

D'fhéach Neasa timpeall uirthi agus chonaic sí an seansiopa mar áit a raibh rómánsaíocht ag baint leis den chéad uair. B'fhéidir nach raibh sé chomh dona sin, a cheap sí, de réir mar scaip loinnir na rómánsaíochta ar fud na háite. Ní fhéadfadh sí a chreidiúint go raibh a tuismitheoirí anseo nuair a bhí siad ar comhaois léi féin. D'ardaigh a croí, ach go tobann, go míthrócaireach, rith sé léi go raibh siad scartha, agus go raibh an rud a bhí eatarthu ina smidiríní.

Theastaigh uaithi éalú as an siopa. Chonaic sí tua ag gobadh amach as cófra faoin gcuntar. Gan fhios do Lilí, thóg sí é ina glac. Bhí sé mór, i bhfad níos troime ná mar a cheap sí. Bhí sé barbartha, gránna ach thóg sí é agus chuir sí faoina geansaí é. Bhí an t-iarann fuar i gcoinne a craicinn.

"Caithfidh mé dul suas staighre," ar sí le Lilí.

"Ceart go leor, a chailín. Mhuise, tá tú críochnaithe anseo don tráthnóna pé scéal é."

"Go breá. Go raibh maith agat as an gcaife," ar sí agus d'imigh sí suas staighre agus an tua faoina geansaí. Chuir sí i bhfolach faoina piliúr é. Bhí an seomra geal, an ghrian ag soilsiú go míthrócaireach isteach tríd an bhfuinneog. Bhí na piollairí á dtógáil aici go rialta. Chun suaimhneas éigin a fháil ón gcrá croí, shuigh sí ar a leaba agus smaoinigh sí ar phlean chun na seantuismitheoirí a mharú. Bhí sí leath i ndáiríre. Bheadh sé éasca é a dhéanamh. Ní bheidís ag súil leis ar chor ar bith agus ghortódh sé sin a máthair agus a hathair go dona. Sin a bhí ag teastáil uaithi thar aon rud eile, iad a ghortú mar a ghortaigh siadsan ise. D'éalódh sí ar ais go dtí an chathair ansin. Ba chuma dá bhfaigheadh na Gardaí greim uirthi. B'fhiú go mór é chun díoltas a bhaint amach agus chun éalú as an áit dhamanta seo. Bheadh a máthair croíbhriste. Cé nár cheap sí go dtitfeadh sí ina codladh, thit agus chodail go sámh.

Nuair a dhúisigh sí, d'fhan sí ar an leaba ag smaoineamh ar conas a mharódh sí a seantuismitheoirí. Níor ghá an jab a dhéanamh láithreach bonn. Ba mhaith léi a bheith sásta go raibh gach rud socraithe aici, plean déanta amach aici, a cuid balcaisí pacáilte, b'fhéidir, agus rudaí eile réidh. Lig sí do na drochsmaointe sin teacht chuici agus lig sí don phlean geimhriúil greim a fháil uirthi. Ba chuma léi. Thug na smaointe faoiseamh di. Ar leibhéal amháin, bhí a fhios aici nach raibh ann ach fantaisíocht ach lig sí dóibh teacht go tiubh.

7. An Coinne

Inis gach rud dom. S XXX
Tóg pictiúir de agus seol chugam é. RÓ XXX
Anocht!!! O MY GOD!!! JACKXXX

Tá an chathair "chomh leadránach faoi láthair", a dúirt Christine léi.

Bhí sí tar éis áit nó dhó a aimsiú sa bhaile beag óna bhféadfadh sí téacsanna a sheoladh go héasca agus bhí a cairde go léir ar bís mar a bhí sí féin.

Bhí a bhfreagraí ag teacht ar ais go tiubh chuici ó Jackie, ó Róisín, ó Christine agus ó Shorcha.

Shleamhnaigh an t-am go tapa agus sula raibh a fhios ag Neasa, bhí sí ag ullmhú don choinne le hAodán. Bhí sí neirbhíseach ag fanacht air. Bhí a barréide nua chorcra á caitheamh aici in éineacht leis an bpéire *jeans* ab ansa léi. Níor lig sí uirthi os comhair a seantuismitheoirí go raibh sí buartha ach bhí sí neirbhíseach go maith. Ní raibh sí amuigh mar seo in éineacht le buachaill riamh ina saol ar choinne. Ní fhéadfadh sí ceist a chur ar Lilí. Níor ith sí aon rud ar feadh an lae. Ar a laghad bhí sí ábalta smacht a choimeád ar a goile le cabhair ó na piollairí.

Tháinig Aodán ar a seacht agus d'fhág sí slán ag an mbeirt. Agus í ag dul amach an doras, thug Lilí caoga euro di gan fhios do Shéimín. Bhí a sparán ag éirí ramhair, mar leis an jab a bhí aice sa siopa agus an t-airgead a thug Lilí go rialta di, ní raibh aon ghanntanas airgid aici.

"Ná habair aon rud anois," ar sí os íseal. "Bíodh *coke* nó rud éigin mar sin agaibh san óstán nó sa bhialann," ar sise. As go brách leo.

"Thug m'athair iasacht dá charr dom," arsa Aodán. "Tugann sé dom í anois is arís."

Thiomáin sé an carr go héasca, bród air, lámh amháin ar an roth stiúrtha, an suíochán curtha siar aige chun spás a dhéanamh dá chosa. D'fhan Neasa ina tost. D'fhéach sí air go rúnda. Bhí léine dhaite á caitheamh aige agus seaicéad dúghorm le cnaipí órga mar a bheadh ar chaptaen loinge. Bhí péire bríste géine air. D'fhéach sé go maith. Bhí fáinne amháin ar an méar is faide agus uaireadóir ar chaol a láimhe clé.

Ní fhéadfadh sí aon rud a rá ach labhair Aodán go nádúrtha. D'inis sé di mar gheall ar an iascaireacht agus mar gheall ar Liam, captaen an bháid. Labhair sé mar gheall ar an gcósta agus na carraigeacha, ar na ceannaitheoirí éisc agus an praghas a fuair siad ar na héisc. Labhair sé mar gheall ar long a bhí ag dul tharstu amuigh ar an abhainn i dtreo na cathrach. D'inis sé di mar gheall ar an tseanreilig, mar gheall ar an séipéal, mar gheall ar na bailte beaga a bhí le feiceáil ar an taobh eile den inbhear. Bhí sé mar a bheadh treoraí turais agus bhí sé go maith. D'inis sé rudaí suimiúla di mar gheall ar stair agus sheanchas an cheantair. An raibh sé ag éirí tuirseach den léachtóireacht? Rith sé le Neasa go raibh sé an-chainteach agus go raibh an seans ann go raibh sé féin neirbhíseach. D'éirigh sí níos compordaí nuair a smaoinigh sí air sin.

"Deir siad go mbíonn na sióga le feiceáil istoíche ag rince mórthimpeall an chrosaire seo nuair a bhíonn iomlán na gealaí ann ," a dúirt sé agus iad ag dul thar chrosaire Mháire Bháin. "Ní chreidimse i sióga ach tá aithne agam ar dhaoine atá lánchinnte go bhfaca siad rud éigin."

"I ndáiríre?" arsa Neasa agus ionadh uirthi.

"Dáiríre píre," ar seisean.

Ní raibh sí in ann mórán a rá leis. Níor thug sí mar fhreagra air go minic ach "sea". Bhí sí náirithe nach raibh sí in ann a thuilleadh a rá ach níor thug Aodán aon aird uirthi agus bhí Neasa sásta go leor. Bhí sí in ann féachaint ar a aghaidh. Chuimhnigh sí ar *Poker Face*, an t-amhrán le Lady Gaga ina ndeir sí nach féidir lena fear a haghaidh a léamh – *"can't read my, no, he can't read my poker face"*. Ach ba léir go raibh Aodán sásta labhairt léi gan súil aige le freagra ar bith. De réir a chéile, mhothaigh sí níos suaimhní inti féin.

Thiomáin sé í go dtí an chathair agus rinne siad ar an bpictiúrlann ach bhí siad róluath agus chuaigh siad ag siúl ar ché na cathrach le hais na habhann. Bhí an tráthnóna go deas bog agus bhí a ghruaig ag titim go bachallach timpeall air. Bhí cuma an-rómánsúil air. Bhuail siad le fear a bheannaigh dóibh agus labhair Aodán leis ar feadh cúpla nóiméad faoin iascaireacht. Lean siad orthu ag siúl ansin.

"Ar theastaigh uait riamh éinne a mharú?" arsa Neasa go tobann, go neamhurchóideach. Stán sé uirthi is chroith a cheann go mall ach é ag machnamh ar an gceist ag an am céanna. Bhí an bheirt acu ina seasamh ag bun na cé. Thíos fúthu bhí an t-uisce domhain agus amach fúthu bhí an abhainn ag síneadh uathu mar a bheadh brat síoda. Bhí dhá eala ag snámh ar bharr an uisce. Bhí miongháire ar aghaidh Neasa, mar a bheadh ar chat. Ní raibh sí róchinnte cad a bhí i gceist aici i ndáiríre ach theastaigh uaithi geit a bhaint as. D'fhéach sí ar Aodán mar a d'fhéachfadh leanbh ar a mháthair.

"Ní dóigh liom gur theastaigh," a dúirt sé. "Dé chúis?"

"Bhuel, is dócha go bhfuil an-spéis agam sna tosaíochtaí daonna, na spriocanna atá againn go léir," a d'fhreagair Neasa, ag ligean uirthi go raibh spéis aici san eolaíocht. "Tá mé ag iarraidh a fháil amach cad iad na cúiseanna a bheadh ag duine a leithéid de rud a dhéanamh chun dlí mar sin a bhriseadh, dlí i gcoinne an nádúir, i gcoinne an phobail, i gcoinne ár gcreidimh. Fiosrach atá mé, sin an méid. Cuirim an cheist chéanna ar an-chuid daoine. Tá mé ag déanamh staidéir air."

D'fhéach sí air go dúshlánach agus dhein Aodán gáire lagbhríoch. Ba léir nár thuig sé cad a bhí i gceist aici ach theastaigh uaidh í a choimeád ag caint agus dhein sé iarracht í a fhreagairt. Bhí comhrá de dhíth air.

"Tá *Macbeth* á dhéanamh againn ar scoil agus tá an-chuid fola sa dráma sin," ar sé agus é buartha go raibh an freagra mícheart tugtha aige di.

"Is dócha go bhfuil an dúnmharú faoi chaibidil ann agus tá staidéar á dhéanamh againn air sin." D'éist sí leis.

"Tá ríocht ag teastáil ó Macbeth agus maraíonn sé Rí na hAlban, Duncan, chun a aidhm a bhaint amach. Cabhraíonn a bhean chéile leis chun an éacht a chur i gcrích," ar sé go smaointeach, é amhrasach faoin gceangal ach dóchasach go mbeadh sí sásta leis an bhfreagra. D'éist sí go smaointeach, ag féachaint go drúisiúil ar a bhéal agus a scornach. Bhí a croí ag preabadh agus bhí sí ag éirí an-fhuar. Ach, bhí siad ag caint agus bhí sí in ann leanúint ar aghaidh leis an gcomhrá anois.

"An bhfuil leisce ar Mhacbeth an marú a dhéanamh é féin?" ar sí.

"Tá sé an-neirbhíseach. Caithfidh a bhean é a ghríosú chun é a dhéanamh."

Lean siad leo mar sin. D'inis Aodán di mar gheall ar na taibhsí atá sa dráma agus mar gheall ar Banquo a shiúil isteach fad is a bhí siad ag ithe dinnéir. Dhein sí gáire agus thosaigh sé siúd ag gáire.

Fuair sí amach uaidh go raibh sé ag dul isteach sa séú bliain ar scoil i bPort Láirge. Bheadh an Ardteist á déanamh aige an bhliain dár gcionn.

"Is dócha, i bprionsabal, go maróinn duine dá mbeinn cráite toisc go raibh rud éigin in easnamh orm, ach ní dóigh liom go bhféadfainn a leithéid a dhéanamh i ndáiríre."

Stad sé, dhein machnamh agus thosaigh arís. "Ach tharlódh go ndéanfainn dúnmharú dá mbeinn ag fulaingt agus gur cheap mé nach mbeinn in ann maireachtáil gan rud ríthábhachtach lárnach i mo shaol a bheith agam," ar sé. Bhí an t-uisce ag brúchtáil taobh leo agus thíos fúthu sa chuan. Bhí an aimsir ag athrú. Thosaigh an ghaoth ag séideadh agus d'éirigh sé fuar.

"Cén saghas ruda?" a d'fhiafraigh Neasa de. Bhí an-suim á cur aici sa mhéid a bhí le rá aige agus bhí sí corraithe go maith faoin am seo ag éisteacht leis. An raibh rud éigin in easnamh uirthi féin, an é sin an chúis a bhí taobh thiar dá hifreann pearsanta?

"Bhuel, dá mbeinn i ngrá agus dá mbeadh an bhean goidte uaim ag fear éigin. B'fhéidir i saol eile, domhan eile, i gcorp eile, b'fhéidir go maróinn é. Nó dá mbeadh post tábhachtach á lorg agam cosúil le Macbeth, agus gur goideadh uaim é, tuigim go mbeadh brú orm agus b'fhéidir arís go maróinn duine sa chás sin dá mbeinn as mo mheabhair le drugaí nó le deoch nó ag an ainnise."

D'fhéach an bheirt acu thar an uisce go bun na spéire a bhí ag éirí dorcha agus liath faoin am seo. Bhí atmaisféar na hoíche lán de mhailís nimhneach sa tslí inar chrom sí ina dtreo go ciúin staidéarach. Smaoinigh sí ar an mbeirt a bhí ag fanacht léi sa Phasáiste. N'fheadar an dtuigfeadh Aodán cad é an jab atá á phleanáil agam, atá le déanamh agam. Beidh mé ag baint díoltais amach, a cheap Neasa. Beidh aiféala ar mo mháthair cinnte. Fan go bhfeicfidh sí cad atá déanta ag a hiníon álainn.

"Dé chúis an spéis seo sa bhás?" arsa Aodán arís. Bhí a ghuth an-séimh.

"Bím ag smaoineamh air go minic na laethanta seo, caithfidh mé a rá. Uaireanta measaim go maróidh mé duine éigin nó go maróidh mé mé féin," ar sí, bród uirthi a leithéid a admháil, ach cheap Aodán go raibh sí ag magadh agus dhein sé gáire. Chas siad agus shiúil ar ais i dtreo na pictiúrlainne.

"Tá a fhios agam cad atá i gceist agat," ar sé. D'fhéach sí air, amhrasach go raibh sé den dearcadh céanna.

"An bhfuil?" a dúirt Neasa, gruaim uirthi ag féachaint ar a aghaidh shoineanta.

"Bhuel, saghas. Nuair a bhíonn gruaim orm, bíonn smaointe dorcha mar sin agam uaireanta. Bhuel, tá gach éinne difriúil agus ceapaim go mbíonn fadhbanna éagsúla ag gach éinne. Mar shampla, tá a fhios agam go bhfuil an t-uafás spéise ag m'athair sa bhás."

Dhein sí gáire.

"An-suimiúil ar fad. Go raibh míle maith agat. B'fhéidir gur chóir dom labhairt le d'athair."

"Á, tabhair seans domsa ar dtús."

Dhein siad gáire le chéile ansin. Bhí ceangal eatarthu. Thuig siad a chéile.

Thaitin sé le Neasa. Bhí sé go deas. Ní raibh deis aici freagra a thabhairt dó mar nuair a chas siad an cúinne baineadh geit as Neasa. Cé a bheadh ag siúl ina dtreo ach Dúghlas ina steillbheatha. Stad sé láithreach agus d'oscail sé a bhéal mar a dhéanfadh fear grinn sa sorcas – go háiféiseach.

"Neasa! A chara," a dúirt sé agus miongháire ar a aghaidh. Baineadh geit aisti. D'fhéach Aodán uirthi agus thuig sí go raibh an ceangal sealadach a bhí eatarthu briste.

"Dúghlas," ar sí go neamhchinnte. D'fhéach Aodán ar an mbeirt acu agus sheas sé siar chun ligean don bheirt beannú dá chéile i gceart. Bhí Neasa i bponc idir an bheirt acu.

"A Aodáin, seo Dúghlas. Bhuail mé leis ar an traein tamall ó shin. A Dhúghlais, seo cara liom ón bPasáiste, Aodán."

Chroith an bheirt acu lámh lena chéile.

"Dia dhuit," arsa Aodán.

"*How's it goin'?*" arsa Dúghlas agus sheas sé ar an tsráid agus miongháire ar a aghaidh. "An-deas, an-deas. Níor chuir tú glao orm, a chailín. Bhí mé ag fanacht le scéal uait."

"Ó, tá an-bhrón orm. Bhí mé chun é a dhéanamh ach tá sé deacair teachtaireachtaí a sheoladh ón bPasáiste."

"Ó, leithscéalta, leithscéalta. Cuir scéal chugam, a Neasa." Sheas sé siar uathu agus d'fhéach sé orthu go scigmhagúil.

"Bhuel, abair liom, cá bhfuil sibh ag dul?" ar sé agus searbhas ina ghuth. Ba léir dóibh go raibh éad air agus go raibh sé an-chorraithe. Bhí sé beagnach ag preabarnach le fearg.

"An phictiúrlann," arsa Aodán láithreach. "Agus beidh an scannán ag tosú i gceann cúpla nóiméad. B'fhéidir gur chóir dúinn imeacht, a Neasa."

"Tá an ceart agat. Bhuel, slán leat, a Dhúghlais."

"Slán? Ó, slán libh. Neasa, cuirfidh mise glao ortsa. Slán leat, a chailín. Beimid ag caint. Deas bualadh leat, a Aodáin."

"Sea, agus tusa freisin," arsa Aodán. Lean an bheirt acu ag siúl agus lean Dúghlas ag féachaint orthu. Mhothaigh Neasa a dhá shúil ag biorú isteach ina droim.

"An bhfuil aithne agat air le fada?" arsa Aodán.

"Níl. Bhuail mé leis trí seachtaine ó shin, is dócha."

"Níl aithne mhaith agat air mar sin?"

"Is dócha nach bhfuil," a d'fhreagair sí. "Dé chúis?"

"Diabhal cúise, ach cheap mé go raibh sé ag iarraidh tú a sciobadh leis agus imeacht leat."

"Ní dóigh liom go raibh," arsa Neasa agus olc uirthi.

Níor dhein siad tagairt dó arís agus lean siad orthu go dtí an phictiúrlann.

Chuaigh siad isteach agus bhain siad taitneamh as an scannán. Nuair a tháinig siad amach, stop siad ag veain sceallóg agus cheannaigh siad dhá mhála agus dhá bhuidéal *coke*. Cé go raibh guth inmheánach* ag rá léi de shíor nár chóir di iad a ithe, d'ith sí iad mar bhí Aodán ag féachaint uirthi agus miongháire ar a aghaidh. Thuig sí go raibh sé ag fanacht uirthi tosú. Bhí ocras uirthi faoin am sin.

Lean siad orthu ag caint. Dúirt sé léi gur theastaigh uaidh a bheith ina dhochtúir agus staidéar a dhéanamh ar Leigheas. Ba léir go raibh sé uaillmhianach*. D'fhéach Neasa ar a lámha agus cheap sí go mbeadh sé go maith mar mháinlia.

D'inis sí dó mar gheall ar scoil agus dúirt leis go mbeadh sí ag dul isteach san idirbhliain san fhómhar. Nuair a bhí an méid sin ráite aici, lean sí uirthi ag caint. Bhí sé éasca sa deireadh. D'inis sí dó mar gheall ar na rudaí a bhí fágtha sa bhaile aici – a puisín Milí, a seaicéad leathair agus na dioscaí ceoil a bhí fágtha ar bhord na cistine aici trí thimpiste.

"Is breá liom Leona Lewis, Lady Gaga agus Beyoncé ach níl mé in ann an stáisiún raidió is fearr liom a fháil anseo agus níl siopa ceoil gar dom." D'éist Aodán go réidh léi.

"Taitníonn ceol traidisiúnta liom féin. Is maith liom Liam O'Flynn agus daoine mar sin," ar sé. D'fhéach Neasa air go hamhrasach, déistin ar a haghaidh. Thosaigh sisean ag gáire.

"Tá siad go hiontach," ar sé.

D'inis sí dó mar gheall ar a hathair a bhí ina bhleachtaire agus a bhí ag taisteal i gcónaí, ag obair ar chásanna éagsúla ar fud na tíre.

"Cheap mé go mbeadh sé in ann teacht ag an deireadh seachtaine ach ní féidir leis. Bhí mé ag caint leis aréir agus dúirt sé liom go bhfuil sé gafa ag dúnmharú a tharla san ardchathair dhá lá ó shin."

Ní dúirt sí leis go raibh clann nua air agus nach bhfaca sí é chomh minic sin a thuilleadh.

Thiomáin sé abhaile ansin í agus bhí sí ar ais istigh le Lilí agus Séimín ar a haon déag. Bhí Aodán ag dul amach ag iascaireacht go luath an mhaidin dár gcionn, mar a mhínigh sé di.

"Beidh sé ina lán mara ar a hocht agus le cúnamh Dé beidh an aimsir níos ciúine," ar sé.

"Sea," arsa Neasa. "Go n-éirí libh leis an iascaireacht. Go raibh maith agat as an oíche."

"Tá fáilte romhat. B'fhéidir go ndéanfaimid arís é," a dúirt sé.

"Sea, bheadh sé sin go deas."

"Oíche mhaith mar sin."

"Oíche mhaith."

Bhí áthas ar Neasa agus í ag dul isteach sa seomra leapa. Bhí Aodán an-deas. Ba bhreá léi labhairt lena máthair faoi ach ní raibh sí ann. D'fhéach sí sa scáthán agus chonaic sí a haghaidh. D'imigh rud éigin uaithi agus bhraith sí an ghruaim ag titim anuas uirthi. Bhí áthas uirthi go raibh na piollairí aici ar a laghad agus go raibh sí in ann smacht a choimeád ar chúrsaí.

CAIBIDIL A TRÍ

8. Istigh leis na seantuismitheoirí

Shleamhnaigh na laethanta agus bhí sí gnóthach sa siopa go minic. Thug Séimín íocaíocht di go seachtainiúil as an obair a dhein sí. Chuaigh sí go dtí an chathair le Lilí agus cheannaigh sí éadaí agus dlúthdhioscaí. Ach fós, ní raibh éinne ann chun éisteacht léi nuair a sheinn sí an ceol. Chuir sí téacs chuig Sorcha nuair a bhí sí ar ais ina seomra. Bhí Sorcha ag an linn snámha in éineacht le Christine, Jackie agus Róisín. Ar ball, chuir Sorcha glao uirthi mar theastaigh ón gceathrar labhairt léi. Bhí siad ag sceamhaíl agus ag pleidhcíocht sa chúlra agus ag baint suilt as an seisiún sa linn snámha.

"Hi Neas," a scread siad le chéile ar an nguthán. Labhair sí leo go léir ach bhí uirthi crochadh suas sa deireadh cé go raibh comhartha láidir ann dá fón póca. D'éirigh léi go leor téacsanna a chur chucu ina dhiaidh sin. Bhí ríméad uirthi a bheith i dteagmháil leo arís. De réir dealraimh, bhí Sorcha le dul isteach go dtí an ospidéal arís le galar scamhóg, bhí Christine i dTír Chonaill le clann a hathar agus bhí Róisín bréan den chathair. Bhí sí ag ól agus ag dul amach go rialta le scata cairde, a mhaígh sí. Bhí éad ar Neasa. Ba bhreá léi a bheith in ann dul amach léi. Bhí Neasa an-uaigneach léi féin sa Phasáiste. Thit na deora léi sa seomra codlata, ach go háirithe toisc go raibh sí buartha mar gheall ar Mhilí. Cé gur gheall Róisín di go dtabharfadh sí aire mhaith dá puisín, ní fhéadfadh Neasa a bheith cinnte. Bhí Milí ag fanacht le muintir Róisín ar feadh an tsamhraidh.

Lean sí uirthi ag tógáil na bpiollairí agus méar á sá siar a scornach aici. Bhí an-áthas uirthi mar bhí a cuid éadaigh ag éirí an-scaoilte. Tháinig mearbhall* uirthi anois is arís ach níor thug sí aon aird air sin.

Shleamhnaigh an chéad agus an dara seachtain thairsti agus thosaigh an tríú ceann. Lá amháin, dhúisigh sí agus ag breathnú amach tríd an bhfuinneog di, cheap sí go bhfaca sí míol mór amuigh sa duga. Bhí na hiascairí go léir ag siúl thart agus ní raibh éinne eile ag déanamh iontais den mhíol mór agus é sínte sa lábán, ag luascadh agus ag bogadh, dubh agus gránna, aon tsúil amháin ag féachaint go bagrach ar Neasa. Thosaigh sí ag béicíl agus dhein iarracht rith síos chun radhairc níos fearr a fháil air, ach thit sí nuair a baineadh tuisle aisti agus go tobann bhí sí ina dúiseacht agus thuig sí gur brionglóid a bhí ann agus í sínte ar urlár an tseomra. Bhí a fhios aici gurb iad na piollairí faoi deara é ach ba chuma léi faoi sin. Dhein sí dearmad ar an míol mór.

Bhí an-spórt sa siopa an lá céanna. Bhí Séimín i mbun ceoil le bean a tháinig isteach – an bheirt acu ag iarraidh seanamhráin a mheabhrú dóibh féin, agus bhí Lilí ag iarraidh cabhrú leis na custaiméirí. Stad Neasa sa lár agus bhí uirthi gáire a dhéanamh toisc go raibh siad greannmhar. Tháinig Aodán isteach agus chonaic sé í ag gáire. Labhair siad lena chéile. Bhí Neasa chomh gafa sin le rudaí nach raibh am aici a bheith neirbhíseach. D'imigh Aodán ansin agus bhí croí Neasa ag léim le háthas.

San oíche, d'fhéach na seantuismitheoirí uirthi go minic nuair a chuaigh sí isteach sa seomra suí chucu. Stánadh sise ar ais ar an mbeirt acu sna cathaoireacha uilleacha. Níor thuig siad í ar chor ar bith.

Is trua go bhfuil siad mar ghardaí ar mo phríosún, ar sí léi féin. Cá bhfuil na slabhraí do mo chosa agus do mo lámha?

Go minic bhí sí réidh chun troda leo.

"Níor tharla dada," a dúirt sí leo go dúshlánach oíche amháin tar éis di a bheith amuigh ag caint le hAodán.

"Tá mé ar ais slán. Ní gá daoibh a bheith buartha." Chuir sí pus uirthi féin agus dhein iarracht smacht a chur ar a hanáil a bhí ag teacht go mírialta.

"Tar isteach. Tá Aodán an-deas. Is buachaill álainn é. Nár tháinig sé isteach leat?" arsa Lilí.

"Suigh isteach in aice leis an tine agus abair liom conas mar atá a mháthair agus a athair." Ach ní raibh aon rud le rá aici leo agus sa deireadh, d'fhág sí slán ag an mbeirt sa seomra suí ag rá go raibh sí traochta agus chuaigh suas staighre.

Dé chúis gur cuma leo go raibh sí amuigh léi féin in éineacht le fear? Bhí an bheirt acu chomh saonta sin, bhí sé dochreidte. Bhí slipéir á gcaitheamh ag Lilí agus bhí Séimín ar tí titim ina chodladh, sínte os comhair na tine, mar a bheadh tarbh tar éis dó instealladh a fháil ón tréidlia. Ba chuma leosan faoi dhréimire sóisialta na scoile, faoin síorbhrú stíle agus faisin, na mainicíní, uaigneas an déagóra – mar a déarfadh a máthair. Bhí gach rud acu – an tine, an teilifís agus braon uisce beatha ag deireadh an lae. Bhí siad i bhfad ón gcathair, ó ranganna scoile agus grúpaí rúnda, ó thrácht na cathrach agus ó chúraimí eile an tsaoil. Bhí sí traochta nuair a chuaigh sí suas an staighre.

Chuir sí a méar ina scornach nuair a chuaigh sí isteach sa seomra folctha agus níos déanaí, thóg sí piollaire amháin eile sular chuaigh sí a chodladh. Sheol sí téacs chuig a hathair ag fiafraí de cad a bhí á dhéanamh aige. "*Will phone you tomorrow, Dad x*" an freagra a fuair sí uaidh. Bhí uaigneas uirthi sular chuaigh sí a chodladh. Nuair a d'éirigh sí an lá arna mhárach thóg sí piollaire eile. Ina seomra, bhí sí in ann na faoileáin a chloisteáil lasmuigh ag síorsceamhaíl.

Chuaigh sí síos go dtí an siopa. Léim a guthán póca. A hathair a bhí ann. D'ardaigh a croí. Ní raibh cloiste aice óna hathair le tamall.

"Hé, Neasa, a stór. An bhfuil tú go maith?"

"Haigh, a Dhaid. Tá."

"Brón orm nár éirigh liom glao a chur ort go dtí seo. Bhíomar ag faire ar choirpeach ar feadh na seachtaine. Ní raibh mé in ann éalú. Cad atá á dhéanamh agat?"

"Faic. Tá mé ag dul isteach sa siopa. Bím ag obair ann."

"An-deas. An maith leat é?"

"Tá sé ceart go leor. An mbeidh tú anseo ag an deireadh seachtaine?" ar sí, imní uirthi go ligfeadh sé síos arís í.

"Bhuel, ní dóigh liom gur féidir liom a bheith céad faoin gcéad cinnte ach tugaim geallúint duit go mbeidh mé leat an tseachtain ina dhiaidh sin. An mbeidh sé sin ceart go leor?"

"Beidh," ar sí. Bhí díomá millteach uirthi. Arís, ní bheadh mórán le déanamh aici ag an deireadh seachtaine mura mbuailfeadh sí le hAodán nó le mangaire na bpiollairí, b'fhéidir, a smaoinigh sí. Fuair sí glaonna gutháin go rialta óna máthair.

"An bhfuil tú ag ithe, a Neasa?" an cheist ba mhinice a chuir sí uirthi. Labhair a máthair faoin seó a bhí idir lámha aici i bPáras agus mhol sí do Neasa spórt a bheith aici sa Phasáiste.

"D'fhás mise suas ansin. Tá a fhios agam go ndéanfaidh sé maitheas duit. Tá sé folláin," ar sí. Ní dúirt Neasa léi go raibh tua aici faoina piliúr agus go raibh sí réidh chun í féin a chosaint ar ghealtacht an Phasáiste.

Mar a tharla sé, fuair sí téacs ó Dhúghlas an lá céanna.

"Sa Phasáiste faoi láthair. An féidir leat bualadh liom ar an trá faoi scáth na cé i gceann deich nóiméad? D."

Chuir sí freagra ar ais go raibh sí gafa sa siopa agus nach bhféadfadh sí imeacht go dtiocfadh Séimín ar ais.

"Ceart go leor. Ná bí déanach. A trí a chlog mar sin! " a d'fhreagair sé. Ansin tháinig teachtaireacht eile: "An bhfuil do dhóthain piollairí agat?"

"TÁ, GRM," a sheol sí ar ais chuige.

Bhuail sí leis ar a trí a chlog agus cheannaigh a thuilleadh piollairí uaidh.

"Tá tú tar éis meáchan a chur suas?" ar seisean léi agus é ag gáire. Bhí sé ag iarraidh a bheith cruálach léi. Mhaslaigh sé í agus dhein Neasa cinneadh gan aon bhaint a bheith aici leis arís. D'íoc sí as na táibléid agus abhaile léi.

9. Téann na piollairí i bhfeidhm uirthi

D'imigh an chéad seachtain eile agus shocraigh Neasa síos. Choimeád sí súil ar na báid agus ar Aodán agus é ag teacht is ag imeacht. D'ardaíodh a croí nuair a thagadh sé i dtír agus láithreach bonn ritheadh sí amach chun heileo a rá leis.

Níor thug sí faoi deara go raibh na piollairí ag dul i bhfeidhm ró-mhór uirthi ach anois is arís thosaigh a meabhair ag imirt cleas uirthi. Agus í ag caint le hAodán thíos ar an gcé lá amháin, bhí sí cinnte go bhfaca sí nathair nimhe mhór ag sleamhnú go mall chuici san uisce thíos fúithi. Chonaic sí súile na péiste dírithe uirthi go diongbháilte. Chonaic sí an corp ag lúbadh is ag casadh.

Scread sí agus uafás uirthi. Rith sí ach thit sí mar bhí sí i bhfostú sna téada móra ar an talamh. Nuair a d'fhéach sí arís ní raibh aon rian den nathair san uisce, ach ní fhéadfadh sí a bheith suaimhneach. Bhí an phéist ann in áit éigin. Chonaic sí marcanna a coirp sa láib. Bhí sí fós ar crith agus neirbhíseach mar bhí sí lánchinnte go raibh rud éigin sa phuiteach nó faoi cheilt san uisce. Sheas sí le cabhair ó Aodán. Thug sé a lámh di agus shiúil siad le chéile ar ais go dtí an teach. Bhí a lámh gortaithe ach seachas sin agus a dínit, bhí sí ceart go leor.

Bhíodh sí ag cur allais go minic chomh maith. Go rialta, osclaíodh sí an fhuinneog nó an doras chun an teocht a ísliú. Níor thuig Lilí ná Séimín cad a bhí cearr léi mar níor cheap siadsan go raibh an teach róthe ar chor ar bith ach lig siad di mar chonaic an bheirt acu go raibh sí óg agus ceanndána.

Bhí a stór de tháibléid ag laghdú go tapa ach bhí sí cinnte go raibh siad ag feidhmiú. Chabhraigh siad léi brat bréagach a leagan anuas ar gach rud. Lean an ghrian ag taitneamh di fiú nuair a bhí an bháisteach ag titim.

Go minic, d'éirigh a géaga an-righin chomh maith. Bhí sí mar a bheadh seanbhean ag iarraidh éirí amach as an leaba ar maidin nó ag iarraidh éirí ón mbord. Ach níor cheap sí go raibh aon rud bun os cionn. Lean sí uirthi ag staonadh ó bhia de gach saghas mar nach raibh bia ag teastáil uaithi. Bhí áthas uirthi faoi sin. Bhí sí cinnte go mbeadh sí ag éirí tanaí agus álainn agus meallta. Ní bheadh a hathair in ann í a dhiúltú a thuilleadh agus ní imeodh a máthair uaithi go deo.

Ach éifeacht níos aistí fós ná an tslí ina raibh an saol ag sleamhnú uaithi de réir mar a bhí gach rud ag éirí teibí. Ní raibh aon rud cinnte, bhí gach rud bog agus scamallach. Níor thuig sí an clog a thuilleadh mar níor éirigh sí in am agus níor chuimhnigh sí go raibh sé in am di dul a codladh nuair a d'éirigh sé an-déanach. D'fhanadh sí ina suí ag stánadh ar scáileán na teilifíse mar a bheadh uathoibreán*.

Nuair a shín sí amach a lámh chun í a leagan ar mhurlán an dorais, shleamhnaigh an lámh agus baineadh tuisle aisti.

D'fhan sí ag léamh agus bhí go leor seanleabhar ag Lilí sa teach. Thosaigh sí ag léamh níos mó agus níos mó mar bhí sí bréan de bheith ag éisteacht leis an tine, le buillí an chloig agus le crónán an chait. Ní raibh mórán rudaí suas chun dáta le haimsiú sa seanteach ach phioc sí amach leabhar nó dhó a bhí suimiúil. Mar shampla, léigh sí an méid a scríobh Charlotte Perkins Gilman ina scéal gairid sa naoú haois déag mar gheall ar an tinneas intinne a bhí uirthi. D'imigh an bhean as a meabhair tar éis di a bheith gafa i seomra léi féin ar feadh roinnt míonna toisc ballapháipéar buí a bheith ann. Thuig Neasa cad a bhí i gceist aici mar bhí ballapháipéar bándearg ina seomra féin, rósanna ag dreapadh ráillí liatha. Uaireanta cheap sí go raibh na driseacha ag teacht i ngar di chun fás mórthimpeall a muiníl, díreach mar a tharla don bhean sa scéal. Rug sí greim marfach ar an tua agus dhún sí a súile ar feadh tamaill. Mhothaigh sí pianta ina bolg agus ina ceann ach bhí na pianta ina croí níos measa fós. Bhí sí dearmadta ag cách agus bréan den saol. Bhí sí mí-ámharach, uaigneach, gan chara gan chompánach. Ar a laghad bhí na táibléid aici. Bhí sí sásta go raibh smacht aici ar a goile. Bhí sé ag éirí níos éasca agus níos éasca de réir mar a chuaigh na laethanta ar aghaidh.

Phioc sí suas seanleabhar eile, *Bonjour Tristesse* le Francoise Sagan. Léigh sí na leathanaigh tosaigh. Thaitin sé seo léi chomh maith mar chuir an scríbhneoir síos ar chailín a bhí beagnach ar comhaois léi féin a chuaigh go dtí deisceart na Fraince chun saoire a chaitheamh lena hathair. Thosaigh sí ag cur aithne ar bhuachaillí dathúla ach níos fearr fós, bhí an gaol idir Cécile agus a hathair an-suimiúil.

D'fhan sí ag léamh. Sin a choimeád ar bhóthar a leasa í. I ndáiríre, níor theastaigh uaithi an bheirt thíos staighre a mharú. Ní fhéadfadh sí a leithéid a dhéanamh ach léim na smaointe isteach ina ceann. Ar a laghad chabhraigh na leabhair léi na drochsmaointe sin a choimeád faoi smacht. Nuair a bhí sí ag léamh bhí sí in ann srian a choimeád ar a samhlaíocht agus ar a cuid mianta toisc go raibh sí sáite sa scéal.

Léigh sí mar gheall ar Aroon St Charles, iníon ard ghéagach an tí mhóir a bhí uaigneach agus dearmadta. An bhfuil mise cosúil léi siúd, a smaoinigh Neasa. Ní raibh sí róchinnte. Bhain an scéal sin leis an gcur i gcéill a bhí ar siúl ag gach éinne, na daoine fásta mórthimpeall uirthi ach go háirithe, ach ghlac Aroon chuici é chomh maith ionas nach mbeadh uirthi déileáil leis an bhfírinne, le rudaí a bhí róphianmhar. Bhí sé seo, *Good Behaviour* leis an scríbhneoir Molly Keane, anmhaith ar fad cé gur bhris sé a croí agus é á léamh aici. Ghoil sí nuair a léigh sí mar gheall ar Aroon ag iarraidh coinbhinsiúin an ama a leanúint. Thacht Aroon an chailleach a bhí mar mháthair aici san oscailt! Foirfe, a smaoinigh Neasa. Rinne sí gáire nuair a léigh sí é sin. Ní raibh cara dá laghad ag Aroon agus bhí sí chomh hamaideach sin, agus an mháthair chruálach a bhí aici! Bhí sé iontach go bhfuair an mháthair bás ag tús an scéil. Bhí sé an-dorcha ach greannmhar ceart go leor.

Thosaigh sí ag bualadh le hAodán go rialta – ar an gcé, lasmuigh den siopa, istigh sa siopa, ag bun an chnoic. Chuaigh siad go dtí an phictiúrlann le chéile arís.

Lá amháin nuair a bhíodar tar éis an tráthnóna a chaitheamh ag caint agus ag caint, chas Neasa abhaile nuair a d'éirigh sí tuirseach. Bhí sí lag ach bhí sí an-sásta leis an saol mar bhí na piollairí i bhfolach aici agus bhí siad á dtógáil aici i gcónaí gan fhios don saol.

Nuair a bhí sí ar tí dul isteach, chuir Aodán a lámh timpeall uirthi mar a bheadh sé ag pleidhcíocht léi. Ach díreach nuair a bhain siad an teach amach, stop sé agus d'fhéach sé uirthi ar feadh nóiméid. Bhí an ghriain ag dul faoi agus thuig sí, láithreach, go raibh sé faoi dhraíocht aici nuair a chrom sé chun póg a thabhairt di.

Níor mhair sé ach leathshoicind. Níor thuig sí an chumhacht a bhí aici go dtí an pointe sin agus d'fhéach sí air go míthuisceanach. Bhí a shúile ag dul tríthi.

"Oíche mhaith, a Neasa," ar sé agus miongháire air. Thuig sí go raibh faoiseamh air.

"Oíche mhaith, a Aodáin," ar sí agus aoibhneas ag teacht uirthi. Chas sí ansin agus chuaigh isteach abhaile. Níor mhair an phóg ach nóiméad gearr ach bhí Neasa sna flaithis le háthas nuair a chuaigh sí isteach. Thuas staighre, dhein sí an jab céanna arís. Bhí sé éasca an caitheamh aníos a thosú anois. I gceann nóiméid, thosaigh a goile ag dul isteach is amach ar nós bosca ceoil. Bhí an ghluaiseacht taoide ag tarlú go nádúrtha gan mórán dua anois. Bhí uirthi a bheidh an-rúnda faoi na piollairí.

Nuair a d'fhéach sí amach, bhí an spéir breactha le réaltaí. Bhí sé ina lán mara agus bhí na héin go léir ina gcodladh. Bhí anáil na farraige ag monabhar os íseal sa chuan. Bhí gach áit an-chiúin agus lasta suas faoi sholas bán na gealaí. I ndiaidh na chéad phóige sin, d'éirigh siad an-chairdiúil agus fuair sí amach go leor ina thaobh.

10. Cuairteoir Gan Choinne

Gach maidin (nó tráthnóna ag brath ar an taoide), ritheadh Aodán isteach chun barra seacláide a cheannach agus bosca toitíní a fháil do Liam, an t-iascaire a bhí in éineacht leis agus a bhí ina chaptaen ar an mbád. Chaochadh sé súil léi agus é ag imeacht agus leanadh Neasa ar aghaidh ar feadh an lae ag seoladh tríd an lá mar a bheadh bád ar bharr na dtonn go lúcháireach, ag taisteal go suaimhneach. Bhí éad uirthi le hAodán mar nach raibh fadhbanna ar bith aige, bhí a fhios aige cá raibh sé ag dul ina shaol.

Déardaoin amháin agus Aodán ag imeacht as an siopa, stad sé, chas ar ais agus chuaigh suas chuici.

"Ar mhaith leat dul chuig scannán istoíche amárach?" ar sé.

"Bheadh sé sin an-deas, ba mhaith liom dul ann," ar sí. Chuala sí torann a cuisle ag rásaíocht go lúcháireach ina corp. Léim a croí agus dhearg a haghaidh go bun na gcluas.

"Piocfaidh mé suas thú ar a hocht. An mbeidh sé sin ceart go leor?"

"Beidh," ar sí.

Roimhe sin, áfach, fuair sí téacs ó Dhúghlas á rá go mbeadh sé sa Phasáiste ar an Aoine. Dhein sí socrú bualadh leis ar an trá déanach sa tráthnóna. Bhí piollairí de dhíth uirthi mar sin bhí uirthi bualadh leis.

"Haigh," ar sé.

"Haigh," ar sise ar ais.

"Bhí mé ag dul thar an áit agus smaoinigh mé ort láithreach. Ní raibh tú róghnóthach bualadh liom inniu?"

"Críochnaím ar a ceathair de ghnáth mar sin bím saor ag an am seo. Tarlaíonn sé sin uaireanta. Agus tá piollairí de dhíth orm."

"Tá an t-ádh liom inniu mar sin," a dúirt sé agus miongháire air. "Suigh síos anseo in aice liom," ar sé.

Shuigh Neasa in aice leis agus láithreach bonn d'éirigh sí
neirbhíseach. Bhí cumhacht faoi leith ag a ghuth, a lámha, a shúile, cumhacht a bhí dorcha agus rúndiamhrach agus thuig sí go raibh contúirt ann faoi bhun na bhfabhraí fada dubha sin.

"Cad é an boladh sin atá ort, tá sé aisteach. Rud a dhein an cat, an ea?" ar sé. "Tá srón ghéar agamsa." Agus chuaigh sé i ngar di chun an boladh a fháil i gceart.

"An-deas," ar sé. Ní dúirt Neasa faic ach bhí sí dearg san aghaidh agus bhí sí ag éirí buartha. Cheap sí go raibh sé chun í a phógadh agus theastaigh uaithi éalú uaidh. Chonaic sí an cíocras ag líonadh ina shúile agus ina aghaidh ach go tobann chúlaigh sé siar uaithi chun a ghnó a dhéanamh.

"Abair liom, anois, cad atá á lorg agat. Tá an-chuid rudaí deasa agam inniu ach cosnóidh siad airgead mór." Thóg sé amach mála rúnda as a chóta a bhí lán de tháibléid agus gach dath orthu – buí, dubh, bán, gorm, uaine, corcra agus bándearg. Bhí na céadta piollairí aige agus baineadh geit aisti.

"Bíodh do rogha agat, a Neasa. Is tusa an custaiméir is ansa liom."

Shín sí amach a lámh agus leag méar ar na táibléid bhándearga.

"Iad seo, led thoil. Tá siad de dhíth orm. An bhfuil siad costasach?"

D'fhéach sí timpeall ach ní raibh duine ná deoraí ar an trá. Léim a croí nuair a chonaic sí Aodán ach bhí sé ag siúl sa treo eile agus níor thug sé aon rud faoi deara. In ainneoin an áit a bheith tréigthe mar sin, bhraith sí an-chiontach agus salach inti féin. Bhí sí ag smaoineamh go mb'fhéidir nach raibh Dúghlas rómhacánta. Bhí sí den tuairim go raibh conradh speisialta aici leis, go raibh sé ag déanamh gar di ach ar an trá bhánaithe an lá sin thosaigh sí ag crith le míchompord agus í ina suí ina aice leis mar a bhí sí. An raibh sé ina mhangaire drugaí dáiríre? Arís, smaoinigh sí ar a hathair, agus rith sé léi nach raibh an rud ceart á dhéanamh aici.

"Duitse, níl ar chor ar bith. Tríocha euro ar an mála seo. Tá tríocha piollaire sa mhála sin. An mbeidh do dhóthain ansin agat don mhí?" arsa Dúghlas.

"Beidh," arsa Neasa. Thug sí an t-airgead dó agus d'fhág sí slán leis.

"Nach bhfuil tú chun póg a thabhairt dom nó fanacht liom ar feadh tamaillín eile? Tá díomá orm, a Neasa."

"Caithfidh mé imeacht."

"An bhfuil tú ag dul amach le do bhuachaill?"

Bhí a ghuth chomh magúil agus chomh maslach sin gur theastaigh uaithi rith uaidh ach ní raibh sí in ann é sin a dhéanamh mar ní fhéadfadh sí a bheith drochbhéasach, bhí sé tar éis drugaí a dhíol léi agus bhí a lámh go docht ina ghlac aige.

"Níl ar chor ar bith," a dúirt sí agus í ina seasamh agus ag druidim uaidh. Bheadh sí déanach d'Aodán. Bhí miongháire ar aghaidh Dhúghlais amhail is go raibh a fhios aige go raibh sí déanach. Bhí sé beagnach sásta.

"Ach an maith leat é?"

"Ní maith liom é ar chor ar bith," a dúirt sí go feargach agus thit a croí istigh ina cliabh.

"Caithfidh mé imeacht."

"Slán leat, a Neasa," arsa Dúghlas agus cuma an-sásta air mar bhí éad air le hAodán, ar ndóigh.

Rith Neasa ar ais go dtí Lilí agus Séimín. Bhí sí trína chéile – sásta go raibh na táibléid faighte aici ach míshásta mar d'fhág Dúghlas drochbhlas ina béal.

Bhí dúil de shaghas éigin aige inti agus bhí a fhios aici go raibh sé dainséarach. Dé chúis ar shocraigh sí bualadh leis mar sin? An raibh sí as a meabhair? Bhí sí ar buile léi féin go raibh sí tar éis bréaga a insint dó faoi

Aodán. Dé chúis nár ordaigh sí dó aire a thabhairt dá ghnó féin? D'ullmhaigh sí í féin don choinne agus bhí sí réidh nuair a tháinig Aodán.

Chuaigh siad go dtí an phictiúrlann le chéile an oíche sin. Tar éis tamaill, réitigh siad go han-mhaith lena chéile. Chuaigh siad chun Keira Knightly a fheiceáil i scannán. Thug Neasa faoi deara cé chomh tanaí, cé chomh hálainn agus cé chomh foirfe is a bhí Keira Knightly. Bhí sí go hálainn. Rith sé léi go mbeadh uirthi a thuilleadh táibléad a thógáil agus d'éirigh sí feargach le hAodán mar gheall ar a phearsa réchúiseach. Thosaigh sí ag éirí trodach.

"Tá an t-ádh leatsa," a dúirt sí leis sa deireadh agus iad ar an mbealach abhaile. Bhí Aodán ag tiomáint go deas réidh.

"Tá gach rud agat anseo," ar sí agus déistin ag teacht chun tosaigh ina guth. "Tá an saol chomh simplí agat sa sráidbhaile ciúin seo ina bhfuil tú i do chónaí. Níl aon mhórfhadhb agat, an bhfuil? Tá tú cosanta ó fhadhbanna do ghlúine. Ní thuigeann tú ar chor ar bith cad iad na fadhbanna a bhaineann le saol na cathrach. Níl aon dualgas ort a bheith ... a bheith ... bhuel, a bheith cosúil le daoine eile, níl tú faoi smacht ag srianta an fhaisin is déanaí. Is féidir leat a bheith nádúrtha agus ní gá duit tú féin a iompú bun os cionn chun daoine eile a shásamh."

Lean Aodán ag tiomáint. Thaitin an carr go mór leis. B'aoibhinn leis a bheith ag tiomáint. Ní dúirt sé aon rud ar feadh tamaill. Chuaigh siad timpeall cúinne ansin chas sé agus d'fhéach sé uirthi go míthuisceanach. Thuig Neasa go raibh sé gortaithe beagáinín aici.

"Bhuel," a dúirt sé, ag úsáid an ghiarluamháin chun dul níos moille timpeall an chúinne, "níl sé sin go hiomlán fíor. Tá mé buartha nach n-éireoidh liom ar scoil agus go dteipfidh orm sna scrúduithe," a dúirt sé, amhras air nach sásódh an freagra í. "Agus, níl a fhios agam an cóir dom Leigheas a dhéanamh ar chor ar bith." Bhí cúinne caol rompu. Thiomáin sé go mall.

"Sea," arsa Neasa. "Tuigim é sin ach níl sé mar an gcéanna. Tá mise ag caint faoin mbrú sóisialta a thagann ón teilifís, ó do chairde, ó do mhuintir, ó strainséirí nach bhfuil aithne agat orthu – iad go léir ag súil le rud neamhchoitianta, rud éigin nach bhfuil ionat. An dtuigeann tú mé?" ar sí. Bhí sí spíonta ó bheith ag caint.

"Tuigim ach ar an lámh eile nach féidir leat do scíth a ligean fad is atá tú i do chónaí anseo?" arsa Aodán agus é ag brú ar an luasaire a luaithe is a tháinig siad amach ar bhóthar díreach arís.

"Tá inneall iontach sa charr seo," ar sé.

"Sea, tá sé an-deas," a dúirt Neasa. Bhí díomá uirthi ach d'aontaigh sí leis. "Ach ní hé sin an rud a bhí i gceist agam," a lean sí. Chiúnaigh sí. Ba léir di nár thuig sé cad a bhí á rá aici. D'fhan siad ina dtost ar feadh tamaill. Lean an carr go réidh idir claíocha móra ar dhá thaobh an bhóthair. Mhothaigh Neasa go raibh sí ar snámh sa suíochán tosaigh agus cheap sí go raibh siad ag eitilt go hard sna flaithis i measc na réaltaí. D'éirigh a guth codlatach. Labhair sí go leanbaí.

"Tá an carr an-deas," ar sí. Bhí sí ag monabhar.

"Tá," a dúirt Aodán agus é ag stánadh uirthi, miongháire neirbhíseach ar a aghaidh.

D'fhan Neasa go ciúin sa suíochán agus ní dúirt sí focal eile. Bhí sí ag cur allais leis an náire a bhí uirthi. Níor cheap sí féin go bhféadfadh Aodán a bheith chomh neamhbhalbh léi. Níor labhair sí leis a thuilleadh faoin scannán an oíche sin agus d'fhan a cuid focal léi mar a bheadh nimh istigh ina ceann.

Stop Aodán ag veain sceallóg agus iad ag dul abhaile agus cheannaíodar dhá mhála. Chuir Neasa sceallóg ina béal ach níor thaitin an blas lofa léi agus go discréideach chaith sí seile isteach sa naipcín. Nuair a chuaigh siad thar an gcrosaire agus nuair a chonaiceadar soilse an Phasáiste thíos uathu sa ghleann, labhair Neasa arís.

"Tá a fhios agam, tuigim é sin ceart go leor, tá sé níos éasca anseo, is dócha go bhfuil an ceart agat faoi sin," a dúirt sí. Bhí Aodán ag brú ar na coscáin mar bhíodar tagtha isteach sa chearnóg ina raibh seanmháthair agus seanathair Neasa ina gcónaí. Lig Neasa osna mhór aisti.

"Sea, b'fhéidir gur chóir dom mo scíth a ligean i gceart fad is atá mé anseo," ar sí, ag oscailt dhoras an chairr. D'fhéach sí air go lagbhríoch. "Go raibh míle maith agat as an síob. Bhí an scannán go hálainn. Oíche mhaith."

"Oíche mhaith, a Neasa. Ná bí buartha, ná bí ag briseadh do chroí. Rachaimid amach ag tiomáint arís go luath más maith leat," ar seisean agus é ag féachaint go tuisceanach uirthi.

"Go hiontach," a d'fhreagair sí.

"Fan go bhfeicfidh tú, tiocfaidh feabhas ar chúrsaí amach anseo," ar sé.

Dhein Neasa miongháire lag agus d'fhág sí slán leis. D'fhan sé go dtí go raibh an doras oscailte ag Neasa sular thiomáin sé abhaile. Chroith sé a cheann go himníoch. Bhí sé faoi gheasa aici ach go hiomlán measctha. Cheap sé go raibh rud éigin mícheart ach ní fhéadfadh sé a mhéar a leagan air. Chuimil sé roth stiúrtha an chairr.

"Is maith liom tusa," a dúirt sé leis an gcarr. "Is agatsa atá an t-inneall is fearr sa Phasáiste."

Nuair a chuaigh Neasa isteach stop sí ag an seomra folctha agus mar ba ghnách léi chuir méar síos ina scornach. Níor thóg sé ach nóiméad. Bhí a goile i dtaithí air anois. Chuaigh sí a codladh go héasca mar ba bheag fuinneamh a bhí aici faoin am sin.

11. Dúnmharú sna nuachtáin

Bhí sé an-bhrothallach an lá sin agus bhí Neasa an-ghnóthach sa siopa ar feadh an lae an lá dár gcionn. I ndiaidh a deich, tar éis di bosca earraí a iompar amach do bhean a bhí ina cónaí trasna na cearnóige uathu, chuala sí an chaint go léir nuair a tháinig sí ar ais. Bhí gach éinne – a seanathair, Lilí, fear an aráin, Bairtí, agus fear na dtorthaí, Tadhg – ag caint faoi thragóid a tharla i mbaile beag iargúlta i bparóiste ó thuaidh, fear óg a mharaigh a thuismitheoirí.

Ar dtús baineadh geit aisti mar cheap sí go raibh siad ag caint fúithi féin.

"Bhí an gléas troda i bhfolach ann," a dúirt Bairtí ós íseal.

"Ní chreidfeá é," arsa Tadhg. Stad siad den chaint nuair a shiúil Neasa isteach agus d'fhéach siad uirthi. Bhí siad go léir bailithe timpeall an chuntair agus nuachtán oscailte acu. Ní dúirt Neasa faic ach léim a croí ina hucht go dtí gur thuig sí nach raibh siad ag caint mar gheall uirthi ach mar gheall ar scéal sa nuachtán agus go raibh siad tagtha go lánstad, ina dtost ar feadh nóiméid ag machnamh ar chúrsaí an tsaoil, ag féachaint amach an fhuinneog ar na báid sa chuan agus ar chorrcharr a chuaigh tríd an gcearnóg.

"Sin an chuma atá ar an scéal," arsa Bairtí, fear an aráin. "Go raibh sé ar intinn aige é a dhéanamh. Tá sé dochreidte. Tá an scéal ar fud na nuachtán pé scéal é anois – dúnmharfóir ina measc gan fhios don teaghlach, a deir siad anseo."

"Ár in Áth an Earraigh, Marbh ar Mháirt an Áir. Féach, sin a deir an *Daily Mail*," arsa Tadhg. "Sin mar atá cúrsaí inniu, is dócha. Tá gach rud ina chíor thuathail."

"Sea, tá an ceart agat," arsa a seanathair. "Beidh na Gardaí ag obair go dian ar an gcás sin."

D'éist Neasa leis an gcaint. Smaoinigh sí ar a hathair. N'fheadar an mbeadh sé ag obair ar an dúnmharú seo.

"Bhí na tuismitheoirí sa chistin nuair a lámhachadh iad," arsa

Séimín. "Tháinig sé isteach ar a sé a chlog agus bhí siad ag ól tae. Caithfidh go raibh argóint éigin eatarthu," a dúirt Bairtí, agus é ag casadh leathanaigh an nuachtáin a bhí ina lámha aige.

"Chuir an marfóir urchar ina cheann féin, is léir," arsat Séimín. "Chuir sé lámh ina bhás féin. Cuimhnigh air sin."

"An ea? Tá sé sin go dona ar fad. Tá sé uafásach go bhféadfadh a leithéid tarlú, a mac féin. Bheadh trua agat don bhuachaill chomh maith. Caithfidh go raibh sé as a mheabhair," a dúirt Tadhg.

"Ní bhíonn a fhios agat riamh cad a bhíonn in intinn duine. Ní dhéanfása a leithéid, a Neasa? An ndéanfá?" arsa Bairtí. D'fhéach sí air go feargach. Thuig sí conas mar a bhraith dúnmharfóir ag an nóiméad sin. Thuig sí go bhféadfadh sí scian a shá i gceartlár chroí fhear an aráin.

"Dhéanfainn," a dúirt sí go bagrach leis, a guth ag pléascadh amach aisti. "Dhéanfainn go héasca é agus níl a fhios agatsa cad a bhí istigh ina cheann," ar sí os ard. Mhothaigh sí a lámh ar crith agus a hanáil ag tapú.

"Ní féidir leat a rá cad a tharla," a scread sí. Bhí amhras ar Bhairtí anois.

"Ó, tá an ceart agat ansin," arsa Bairtí agus miongháire neirbhíseach ar a aghaidh.

"Ó, tá, cinnte," a dúirt Tadhg ag bogadh i dtreo an dorais.

Bhí Neasa go hainnis sa siopa ina measc. Theastaigh uaithi éalú. Chonaic sí na trátaí agus na húlla ar na seilfeanna agus bhí an ghráin aici orthu. Bhí siad chomh suarach ann. Bhí gach rud ag tarraingt aisti, ag impí uirthi a bheith trócaireach. Bhí na bananaí ag síneadh ina treo mar mhéara. Bhí Séimín ag féachaint uirthi chomh maith, cuma bhuartha, chiúin, neirbhíseach air.

"Is cailín fíochmhar tú gan aon agó," arsa Bairtí agus é ag gáire. "Tá mé amhrasach fút anois agus cheap mé go raibh tú mar aingeal inár measc ach, a Dhia na Glóire, sin caint an diabhail," ar sé ag ligean air go raibh sé ag magadh, ag baint suilt as an gcaint ach chonaic Neasa nár thuig sé cad a bhí á rá aici.

"Tá a fhios agam go bhfuil tú ag magadh fúm," ar sé ag gáire.

"Níl mé," a dúirt Neasa ach rinne sí gáire chomh maith sular imigh sí ar ais go dtí an chistin agus ríocht Lilí. Lean a seanmháthair í agus thosaigh sí ag obair ar rud éigin os comhair an tsoirn. Choimeád a seanmháthair súil ghéar uirthi. Bhí sí buartha fúithi.

"Suigh síos, a chailín. Tá tú tuirseach traochta, tá a fhios agam ón gcuma atá ort. An mbeidh cupán tae agat?" ar sí go cineálta.

Dhein sí an tae agus thug di é. D'ól Neasa é go fonnmhar mar a d'ólfadh fear a raibh spalladh íota* air.

Bhí am lóin beagnach tagtha. D'fhéach sí ar Lilí ag obair, ag cur pónairí i bpota, slisíní á dtógáil amach as an gcuisneoir aici ... D'fhan sí sa chistin, imníoch agus corraithe faoin mbuachaill a bhí marbh agus an teaghlach scriosta aige. Bhí sí in ann na fir a bhí sa siopa a chloisteáil i gcónaí ag caint agus ag gáire. An raibh siad ag caint fúithi féin i gcónaí? Bhí sí den tuairim go raibh siad cruálach agus gránna. Bhí sí ag cur allais. Dhún sí a súile agus thit sí ina codladh ag an mbord. Bhí sí an-tuirseach. Nuair a dhúisigh sí bhí Lilí ag féachaint go géar uirthi.

"An bhfuil tú ceart go leor?" a d'fhiafraigh sí di.

"Táim, tuirseach, sin an méid." Dhein sí méanfach* áiféiseach. Níor éirigh léi an dallamullóg a chur ar Lilí áfach, ach ba chuma léi. Bhí sí bréan den chistin. D'éirigh sí agus shiúil amach.

Sa halla cúng, thit sí i bhfanntais. Bhí sí ina luí gan aithne, gan urlabhra. Nuair a chuala Lilí í ag titim go trom, d'fhéach sí amach féachaint cad a bhí tar éis tarlú agus bhí Neasa sínte ar an urlár. Ghlaoigh Lilí ar Shéimín láithreach, scanraithe go dona ag a gariníon ansa. Cé go raibh an bheirt acu ag dul i gcríonnacht dhein siad iarracht í a iompar suas staighre. Ní raibh sé deacair agus bhí ionadh orthu go raibh sí chomh héadrom sin. Ní raibh pioc feola uirthi.

"Éinín atá inti, a Shéimín," arsa Lilí agus imní mhillteach uirthi.

12. Tuigeann an Dochtúir

Nuair a dhúisigh Neasa ina leaba, ní fhéadfadh sí féachaint i dtreo an tsolais mar ghortaigh an ghrian a súile. Ar a barraicíní, chuaigh sí ar tóir an tua. Thug an tua faoiseamh éigin di. Fuair sí é i bhfolach faoin leaba, ag fanacht uirthi go dílis.

Chonaic sí miongháire ar aghaidh an tua. Thóg sí é agus chuaigh ag lorg Lilí. Níor chuala éinne í ag dul go ciúin trasna an urláir. Lig sí don aisling leanúint ar aghaidh ar feadh tamaill go dtí gur mhothaigh sí a brú intinne ag bogadh agus ag sleamhnú uaithi.

Nuair a dhúisigh sí arís bhí sí ina leaba agus bhí caol a láimhe i ngleic ag strainséir agus é ag iarraidh a cuisle a aimsiú. An dochtúir a bhí ann. Stán Neasa air, ag iarraidh a lámh a thógáil ar ais. Theann a corp sa leaba agus chúlaigh sí siar uaidh.

"Fan socair," arsa an dochtúir. "Tá tú ceart go leor. Is mise an Dr Ó Síocháin, athair Aodáin. Thit tú i laige thíos staighre agus tá do sheanmháthair agus do sheanathair an-bhuartha fút. Conas a bhraitheann tú anois?"

"Tá mé go breá," ar sí ag iarraidh suí aniar sa leaba. "Níl aon rud cearr liom. Thit mé, sin an méid. Scaoil liom."

"Fan mar atá tú. Ní cóir duit a bheith ag bogadh go ceann tamaill. Tá mé ag iarraidh fuil a thógáil uait. Teastaíonn uaim roinnt rudaí a thriail, agus tá do bhrú fola an-íseal. Lean mo mhéar," a d'ordaigh sé. "Brúigh i gcoinne mo láimhe."

Bhí rud éigin faoin dochtúir seo. Bhí sé údarásach ach bhí seantaithí aige. Cé hé? Bhí sé sean. Seanóirí ar fad a chónaigh sa Phasáiste, ba chosúil. Cá raibh gach éinne? Bhí sí den tuairim go raibh sí ar phláinéad aisteach, na hógánaigh go léir sciobtha nó i bhfolach fo-thoinn amach ón gcósta in áit éigin dorcha agus bhí sí siúd gafa anseo, an t-aon ógbhean a bhí fágtha ar domhan. Shleamhnaigh sí siar ón dochtúir. Chuir a fholt liath eagla uirthi.

"Imigh uaim," ar sí, ag caoineadh. "Scaoil liom. Bain do lámha díom." Thosaigh sí ag lúbadh, ag luascadh agus ag sceamháil sa leaba. Sheas an dochtúir agus d'fhéach sé uirthi sa leaba, í ag imeacht mar a bheadh rud fiáin. D'imigh sé uaithi ar feadh nóiméid chun labhairt lena seantuismitheoirí a bhí lasmuigh. Bhí siad buartha agus scanraithe aici. Nuair a d'imigh an dochtúir, chiúnaigh Neasa láithreach agus stad sí den luascadh. D'fhan sí ag faire ar an doras, féachaint cathain a thiocfadh sé ar ais. Nuair a d'fhill sé, baineadh geit aisti. Bhí a dhá mhála lena piollairí ina lámh aige. Bhí sí ar buile leis ach ní dúirt sí focal.

"An bhfuil mórán díobh seo tógtha agat, a Neasa?" ar sé. Bhí a cuid piollairí ina lámh aige. Bhí sé ag fanacht ar fhreagra uaithi. Chuaigh sí dearg san aghaidh ach d'fhan sí ina tost. Bhí an mála beagnach folamh. D'fhan an dochtúir ag féachaint go stuama uirthi. Sa deireadh, bhí ar Neasa labhairt leis. Labhair sí os íseal agus an bhréag á hinsint aici.

"Ní liomsa iad sin," ar sí ag féachaint go dúshlánach air. "Ní fhaca mé riamh cheana iad."

Gan chead, d'fhéach sé isteach ina béal agus ansin d'fhéach sé ar a lámha. Bhí sé an-tógtha ag an bhfionnadh a bhí ann ag fás ar chaol a láimhe agus ar a géaga. Bhí ribí gruaige fada ann. D'éirigh sí teann sa leaba. Cad a bhí á dhéanamh aige? Bhí an dochtúir seo as a mheabhair. Cad a bhí á lorg aige?

Chas an dochtúir arís agus shiúil sé go doras an tseomra. Nuair a d'imigh sé amach, d'éist Neasa leis an gcogar mogar a bhí ar siúl eatarthu lasmuigh. Bhí an triúr acu ann agus bhí a fhios aici go raibh caimiléireacht de chineál éigin ar siúl acu. Bhí sí cinnte gur caimiléireacht a bhí ar siúl acu mar bhí Séimín agus Lilí ag caint leis an Dr Ó Síocháin os íseal. Chuala sí corr-fhocal ar nós "ospidéal", "Gobnait" agus "fiáin". Bhí áthas uirthi nuair a chuala sí é sin. Bhí bród uirthi gur cheap siad go raibh sí fiáin más é sin an rud a bhí á rá acu.

Cheapfá go raibh sí tar éis bás a fháil. Dhein Neasa iarracht a ceann a ardú ach theip uirthi. Bhí sí spíonta. Luigh sí siar sa leaba, sáraithe ag na pianta a bhí ag rith trína corp ach lean sí ag éisteacht leo go cúramach. Ní raibh gíog aisti agus í ag iarraidh a gcuid focal a phiocadh amach. Cad a bhí ar bun acu? Chuala sí na focail "piollairí bána" agus "ospidéal" arís. Níor chuala sí a thuilleadh mar d'imigh siad síos staighre. Chuala sí a gcéimeanna go torannach ina cluasa. Shín sí amach a lámh mar bhí an fón póca ar an mbord in aice léi.

"Haigh," a bhrúigh sí amach agus sheol sí téacs chuig Jackie. Bhí an comhartha ag obair. Chuir sí an téacs céanna chuig Christine agus Róisín agus Sorcha.

D'fhan sí ar feadh tamaill agus i gceann nóiméid fuair sí freagra ó Jackie. *"Hey, girl,"* ar sí. Dhein a guthán bíp agus bhí freagra ann ó Christine. *Hi Neasa, Wish U WAZ ERE. I miss U. CXXX.*

Dhein sí miongháire. Thar aon rud, ba bhreá léi a bheith ar ais i mBaile Átha Cliath lena cairde. *"I miss you,"* a scríobh sí agus sheol sí ar ais chuig Christine é.

Smaoinigh sí ar an tua. Chuir sí a lámh faoin bpiliúr agus rug sí greim air. Bheadh uirthi fanacht go dtí go raibh sí níos láidre anois. Theastaigh uaithi gol. Bhraith sí chomh spíonta sin agus chomh huaigneach. Ní raibh a fhios ag a hathair go raibh sí tinn agus bhí a máthair i bPáras.

Chúlaigh sí isteach uirthi féin agus dhein sí cinneadh leanúint ar aghaidh leis na piollairí. Ar a laghad bheadh sí tanaí agus b'fhéidir go bhfeicfeadh a hathair í mar bhanphrionsa arís, mar chailín óg nach raibh ag athrú agus ag imeacht uaidh. Thit sí ina codladh.

Níos déanaí, tháinig Lilí isteach chuici. Bhí cupán tae aici di. D'inis sí di go raibh an dochtúir imithe ach go mbeadh sé ag teacht ar ais níos déanaí. Cá raibh na piollairí?

"Thóg sé iad," arsa Lilí. Bhí a cuid piollairí sciobtha aige! Bhí sí ar buile.

"Ní raibh sé de cheart aige iad a thógáil, a Lilí," ar sí. "Baineann siad le mo shaol pearsanta féin." Chas sí ó Lilí agus thit na deora. Ní hé go raibh sí ag brath orthu ach theastaigh uaithi a thuilleadh a fháil. Ar a laghad bhí fón póca aici, ar sí ina haigne féin.

"Is fear iontach é. Is é athair Aodáin é, tá a fhios agat," arsa Lilí.

"Tá a fhios," arsa Neasa, náire uirthi go raibh sí ag caoineadh agus toisc go raibh sí chomh breoite sin.

"Tá sé buartha fút, a Neasa. Deir sé go bhfuil tú éirithe róthanaí agus go mbeidh ort dul isteach san ospidéal mura gcuireann tú meáchan suas."

"Mise, róthanaí!" Bhí ríméad uirthi.

"An bhfuil sé ag magadh fút? Tá mise ramhar. Tá mé róthrom. Féach ar mo chosa," arsa Neasa agus tharraing sí siar na blaincéid chun a cosa a thaispeáint dá seanmháthair. Chuir na 'bataí' fada tanaí eagla ar Lilí ach ní dúirt sí dada faoi sin. Tharraing sí na blaincéid ar ais agus shocraigh sí an leaba.

"Agus tá rud éigin le rá agam leat. Tá do mháthair ag teacht amárach," arsa Lilí léi.

"I ndáiríre? Tá tú ag magadh fúm. Dochreidte. Ní fhéadfadh sí teacht," arsa Neasa, a croí ag léim agus a haghaidh ag líonadh le háthas. "Tá sí i bPáras. Cad faoin sparánacht agus an seó sa ghailearaí? Nach gcaillfidh sí seó an tsamhraidh má thagann sí anseo?"

"Bhuel, sin an rogha a dhein sí. Deir sí go bhfuil sí uaigneach i do dhiaidh agus go mb'fhearr léi a bheith anseo chun an samhradh a chaitheamh in éineacht leatsa ná a bheith i bPáras le strainséirí."

D'éirigh sí níos compordaí sa leaba. Shocraigh a seanmháthair an piliúr faoina ceann. Chuimil sí a leiceann go séimh agus níor chaith Neasa a lámh uaithi mar ba ghnách léi mar bhí sí ag smaoineamh go raibh seans ann go dtiocfadh a hathair chomh maith lena máthair. Bhí Neasa ar mhuin na muice ag fanacht ar an mbeirt acu.

Luigh sí siar sa leaba. Bhí mearbhall uirthi. Níor thuig sí cad a bhí ar siúl acu. Sular thit sí ina codladh, sheol sí téacs chuig Dúghlas. "Mo stór sciobtha! A thuilleadh de dhíth orm." Bhí a fhios aici go mbeadh sé in ann cabhrú léi. "Amárach san áit chéanna ar a cúig," an teachtaireacht a tháinig ar ais uaidh. "GRM," a sheol sí ar ais chuige.

Agus ansin, de réir a chéile, thit sí ina codladh. Níor éirigh sí ón leaba an chuid eile den lá ach an lá dár gcionn d'éirigh sí. Bhí a croí lán mar bhí a máthair ag teacht. Bhí sí lag ach bhí cead faighte aici ón dochtúir éirí agus rudaí éasca a dhéanamh.

CAIBIDIL A CEATHAIR

13. An mangaire arís

Bhí sceitimíní uirthi nuair a d'fhág sí an siopa chun bualadh le Dúghlas an lá dár gcionn. Bhí sí beagáinín lag ach bhraith sí go raibh rithim ag baint leis an saol anois. Bhí sí éadrom agus mearbhall uirthi ach mhothaigh sí go raibh rithim na mbád, na gréine agus na taoide faoina stiúir. Bhí gach rud ag gluaiseacht go réidh. De ghnáth, níor cheap Neasa go raibh sí in aon rithim leo, ach an lá sin bhí ard-ghiúmar uirthi.

D'imigh sí thar na cuairteoirí a bhí tagtha isteach go dtí an áit. D'fhéach sí orthu go míthrócaireach agus go bagrach. Tháinig siad isteach gach maidin agus d'éalaigh arís go tapa as an áit ar an mbád farantóireachta. Ansin bhí an áit ciúin arís gan duine ná deoraí le feiceáil sa chearnóg ná thíos ar an gcé ar feadh an lae.

Cad atá á lorg acu, arsa Neasa ina haigne féin. Níl aon rud anseo dóibh. Imígí as seo. Imígí as mo radharc, a scread sí ina ceann. Cheap sí gur fhéach cuid acu uirthi go fiosrach; chuaigh sí i bhfolach orthu láithreach.

Chonaic sí na hiascairí ag filleadh ar an taoide agus iad ag teacht i dtír. Chonaic sí Aodán thíos sa bhád ach d'fhan sí i bhfolach. Chúlaigh sí ar ais ag casadh i dtreo na trá. Níor theastaigh uaithi go bhfeicfeadh sé siúd í ag déanamh margaidh le mangaire drugaí. Bhí sé sin príobháideach. Chonaic sí carr Dhúghlais agus í páirceáilte sa chearnóg i gcúinne dorcha faoi scáth an chnoic in aice chasadh na cé.

B'fhéidir go raibh an socrú chun bualadh le chéile ar an trá amaideach ar bhealach ach ní raibh aon bhialann ná áit oiriúnach don choinne.

Bhí an áit tréigthe agus uaigneach. Bhí an cúinne is fearr sa sráidbhaile aimsithe aici. Bhí sé príobháideach faoi scáth bhalla na cé agus bhí sé ciúin. Níor tháinig éinne i ngar don chúinne sin. Bhí sé iargúlta agus fiáin.

D'fhan sí ar Dhúghlas, í ina seasamh ag éisteacht leis na faoileáin a bhí ag síorchlabaireacht *. D'éist sí leo ag sceamhaíl agus leis na báid ag teacht i dtír. Bhí siad ag lorg bia, ag síor-thumadh dóibh féin.

Cad a bhí á choimeád? Tháinig sé chuici sa deireadh agus deifir air. Bhí sé déanach. Chonaic sí é ag siúl go tapa i dtreo na trá, ag druidim níos cóngaraí di. Bhí an tráthnóna go hálainn. Lean sí é lena súile go dtí gur chas sé isteach timpeall an chúinne agus bhí sé faoi scáth na gcloch mór. Bhí miongháire ar a aghaidh, coiscéim éadrom leis. Bhí sé mar rinceoir ag teacht chuici go héadrom agus go haclaí, nár bhog oiread is cloch amháin lena chosa. Bhí a lámha ag luascadh mar a bheadh snámhóir ag gluaiseacht tríd an uisce. Tharraing sé cic míthrócaireach ar fhaoileán a bhí gar dó. Go tobann, d'éirigh Neasa neirbhíseach agus bhí sí ar crith nuair a tháinig sé suas chuici mar bhí fíor-eagla uirthi den chéad uair.

Dhein sé miongháire nuair a stop sé os a comhair.

"Bhuel, bhuel, a Neasa, a Neasa. Is tusa an custaiméir is fearr atá agam anois, an bhfuil a fhios agat é sin."

Ní dúirt Neasa aon rud ach dhein siad an beart. Fuair sí piollairí bána uaidh agus thug sí seasca euro dó, i bhfad níos mó ná mar a d'íoc sí an chéad lá. Thug sé mála beag eile di chomh maith mar bhronntanas, a dúirt sé.

"Tá na piollairí seo níos cumhachtaí," ar sé is chuir an mála breise isteach ina lámh agus é ag caochadh súile léi. Bhí deifir air ach leag sé lámh ar a haghaidh agus chuimil sé a grua. Ansin, chrom sé agus lasair ina shúile aige. Bhí sé chun í a phógadh. Bhrúigh Neasa uaithi é sula raibh seans aige a bhéal a leagan ar a beola. Bhain sí geit as agus bhí sé ar buile ach bhí deifir air. Bhí fuadach ar a croí. Bhí sé réidh chun buile a thabhairt di ach stad sé agus go tobann d'éirigh sé séimh agus cainteach.

"Tá tú chomh hóg. Ná bíodh faitíos ort. Níl mise chun dochar ar bith a dhéanamh duit. Tá mé ag faire amach duit, a chailín."

"Tá an áit seo mar bhaile taibhsí, nach bhfuil?" ar sé ag féachaint siar ar an sráidbhaile. Chuir a shúile cat i gcuimhne do Neasa.

"Tá, go háirithe i lár an lae," arsa Neasa. "Ní bhíonn éinne amuigh ar na bóithre ar chor ar bith de lá ná istoíche."

"An-suimiúil, an-suimiúil. Beidh orm teacht ar ais. Anois, nuair a théann tú abhaile ná habair aon rud fúmsa – má chuirtear ceist ort. An gcloiseann tú mé? Ná habair le haon duine gur bhuail tú liomsa nó go bhfaca tú aon duine," ar sé.

"Ní déarfaidh mé."

"Ceart go leor, ach ba mhaith liom bualadh leat agus cuid den chósta álainn a thaispeáint duit. Ar mhaith leat dul go dtí áit atá scoite amach ó dhaoine, áit rómánsúil, uaigneach? Tá a fhios agat féin. Ar mhaith leat é sin?"

"Ba mhaith," ar sí, ag ligean uirthi go rachadh sí leis ach theastaigh uaithi imeacht anois.

"An mbíonn éinne thíos anseo? Tá an chuid seo den chladach taobh thiar den ché ach b'fhéidir go bhfuil sé ró-oscailte. Níl sé chomh tréigthe agus gearrtha amach ón gcuid eile den trá."

"Ní úsáideann na hiascairí ná na snámhóirí é in aon chor," ar sí.

Sheas sé ag féachaint uirthi ar feadh tamaill.

"Tá súil agam nach bhfuil aon rud ráite agat le héinne faoi seo mar beidh mise an-chrosta leat – tá mé á rá leat – má labhraíonn tú le héinne fúmsa. An dtuigeann tú mé? Tá sé seo rúnda." Bhí a ghuth andeas ach chonaic sí an faobhar a bhí ina shúile.

"Tuigim," ar sí.

"Ceart go leor, a chailín álainn." Leag sé lámh ar a gualainn agus d'fháisc sé í. Bhí greim láidir aige.

"Tá ár ngnó déanta, a Neasa. Caithfidh mé a bheith ar mo bhealach. Feicfidh mé arís thú, is dócha. Bí go maith agus coimeád do bhéal dúnta, cuimhnigh air sin. Ná habair faic. Slán leat."

Agus d'imigh sé go tapa as a radharc. Bhí áthas uirthi a dhroim a fheiceáil. Cé go raibh tarraingteacht nimhneach aige agus cé go raibh sé muiníneach, bhí sí ag éirí neirbhíseach faoi. D'fhéach sí ar na piollairí a bhí ina lámh aici. Bhí mála amháin lán de tháibléid dhubha bhídeacha faighte aici uaidh. Bhí an mála eile lán de tháibléid bhána. Rith sé léi go raibh dóchas agus nimh measctha le chéile sna málaí sin. D'fhéach sí ar na dathanna dubh agus bán ag sileadh isteach ina chéile mar shiombailí.

14. Gadaíocht sa siopa

Shiúil sí ar ais go dtí an siopa agus chuaigh sí isteach. Bhí garda ina sheasamh laistigh den chuntar ag cuardach thart. Dhearg a haghaidh agus chinntigh sí go raibh na piollairí ag bun a póca agus faoi cheilt. Bhí sí buartha ar feadh nóiméid go dtí gur thuig sí go raibh rud éigin eile ar siúl. Bhí fuadar faoi gach éinne. Bhí Lilí trína chéile, ar crith agus mílítheach san aghaidh.

"Ó, a Neasa," ar sí. "Cá raibh tú?"

D'fhéach Séimín uirthi.

"Seo í mo ghariníon Neasa, a Sháirsint," ar sé. "Tá sí ag obair anseo i gcaitheamh an tsamhraidh. Ní raibh sí anseo nuair a tharla an ghadaíocht. A Neasa, an féidir leat gar a dhéanamh dom? Téigh amach go dtí cúl an tí agus faigh an mála sóinseála atá sa chófra ag bun an staighre. Seo eochair an chófra."

D'imigh sí agus fuair sí an mála sóinseála. Bhí Lilí ina suí ar stól taobh thiar den chuntar agus í ag féachaint amach an fhuinneog go truamhéalach. Bhí sí ag luascadh anonn is anall. Nuair a thug Neasa an mála beag do Shéimín, d'inis sé di os íseal cad a bhí tar éis titim amach.

"Bhí duine éigin sa siopa níos luaithe agus goideadh an t-airgead ar fad as an tarraiceán," ar sé agus an tsóinseáil á caitheamh isteach sa tarraiceán aige. "Sciobadh gach rud as. Féach air." Tharraing sé an tarraiceán amach chomh fada agus a rachadh sé agus chonaic sí go raibh gach cuid de folamh. Ní raibh pingin rua fágtha ann.

"Bhí tú díreach imithe amach an doras nuair a shiúil fear isteach. Bhí scian aige agus bhí sé an-scanrúil. Bhí hata ar a cheann mar sin ní fhaca mé a aghaidh."

Mhothaigh sí a haghaidh ag éirí dearg arís. Bhí tuairim mhaith aici cé a dhein é ach ní dúirt sí faic.

"N'fheadar cad a bhí ann. Cúig chéad, b'fhéidir. An bhfaca tusa aon duine aisteach timpeall na háite, a Neasa?" Ní fhéadfadh sí a rá.

"Bhuel, chonaic mé duine nó beirt nach raibh aithne agam orthu ag siúl thart ach níl a fhios agam cá bhfuil siad anois," ar sí. "Bhí cara liom thíos ar an trá ach ní dóigh liom go bhfaca mé an gadaí. Ní raibh mé anseo." Bhí an sáirsint ag féachaint go géar uirthi.

"Cá raibh tú, a Neasa?"

"Bhí mé thíos ar an gcé agus ar an trá ag siúl thart," ar sí. "Bhí aer ag teastáil uaim mar bhí tinneas cinn orm agus chuaigh mé síos ag siúl ar an trá ar feadh tamaill."

"Níl sí ar fónamh faoi láthair, a Sheáin," arsa Lilí leis an sáirsint.

"Cad is ainm dod chara?" a d'fhiafraigh an sáirsint di.

"Dúghlas," arsa sí agus eagla an domhain uirthi mar go mbeadh Dúghlas ar buile léi.

"Cén sloinne atá air?"

"Níl a fhios agam."

"Cá bhfuil sé ina chónaí?"

"Níl a fhios agam! Tá brón orm."

"Cár bhuail tú leis an chéad lá?"

"Ar an traein ag teacht go Port Láirge."

"An bhfuil aithne againne air?" arsa Lilí.

"Ní dóigh liom go bhfuil. Ní bhíonn sé thart ach corr-uair. Ach tá aithne ag Aodán air," ar sí, ag iarraidh greim an fhir bháite a fháil ar an gcomhrá. "Bhuail sé leis." Bhí sí chomh traochta sin gur theastaigh uaithi suí síos.

"Is cuma. Tá an dochar déanta anois ...' arsa Séimín léi.

"Bhí tinneas cinn ort. An bhfuil tú níos fearr anois?" arsa Lilí.

"Tá," a dúirt sí agus í ag imeacht uathu.

Chuaigh sí isteach sa chistin in éineacht le Lilí agus níor labhair siad a thuilleadh faoi. Níor éirigh leo an gadaí a aimsiú agus ní dúirt Neasa aon rud faoi. Bhí náire uirthi faoi seo agus d'éirigh sí corraithe faoi uair nó dhó ach d'fhan sí ina tost agus lig sí do phéist na bréige fanacht ina bolg. Níor theastaigh uaithi aon rud a rá ar eagla go bhfaighidís amach mar gheall ar na piollairí.

Lean sí leis an gcur i gcéill agus de réir a chéile, thosaigh sí ag cur an mhilleáin faoin gcoir sa siopa ar a seantuismitheoirí. Bhíodar ciontach as an ngadaíocht. Ní rabhadar sách cúramach leis an airgead. Níor theastaigh uaithi smaoineamh ar fheall an ghadaí. Chuir siad an iomarca iontaoibhe i ndaoine. Bhí siad chomh soineanta sin nach bhféadfá cabhrú leo. D'éirigh sí crosta leo agus ar ball mhothaigh sí déistin. Bhrúigh sí an rud ar fad as a ceann. D'imigh seachtain eile.

15. Tagann a máthair agus a hathair

Chomhair sí na huaireanta go dtí gur tháinig a máthair. Bhí áthas an domhain ar Neasa í a fheiceáil. Thug sí barróg di agus shuigh in aice léi an tráthnóna ar fad. Bhí sí ar neamh ar feadh i bhfad ach níor mhair an cairdeas eatarthu rófhada. Bhí stíl ghruaige nua ar a mam. Bhí sí fionn anois.

"Ní maith liom do ghruaig," arsa Neasa léi.

"Nach maith?" arsa a máthair go díomách.

"Ní oireann an stíl sin duit. Tá tú róthanaí don stíl ghairid sin," a dúirt Neasa go húdarásach, ach bhí miongháire ar aghaidh a máthar mar bhí seantaithí aici ar acmhainn grinn *a hiníne.

Chuaigh siad ag taisteal le chéile sa charr go dtí an baile mór. Shuigh siad i gcaife beag agus d'ól siad caife le chéile. D'fhiafraigh a máthair di mar gheall ar Aodán agus chuir sí an-spéis ann.

"Abair liom mar gheall air," ar sí go mífhoighneach. Láithreach, mar a bheadh geata tuile oscailte, scaoil Neasa lena cuid tuairimí agus d'inis sí a cuid rún ar fad dá máthair. D'inis sí gach rud mar gheall air.

"Is breá leis a bheith ag tiomáint. Ceapaim go bhfuil sé go deas. Téann sé ag iascaireacht gach lá. Ach tá sé an-chiallmhair," ar sise. "Ní maith liom é sin, agus tá sé amhrasach faoi rudaí. Ní aontaím leis ar an-chuid rudaí. Ní dóigh leis gur féidir linn ár rogha rud a dhéanamh. Caithfidh tú bualadh leis!"

"An bhfuil sé dathúil?"

"Bhuel, tá agus níl ag an am céanna. Níl aon stíl ghruaige aige. Ní chaitheann sé éadaí faiseanta. Ní chaitheann sé éadaí deasa ar chor ar bith. Imíonn sé amach ag iascaireacht gach lá agus glaonn sé isteach sa siopa gach lá roimhe sin chun seacláid a cheannach dó féin agus toitíní do Liam. Teastaíonn uaidh Leigheas a dhéanamh i ndiaidh a chuid scolaíochta agus tá sé ag dul isteach sa séú bliain ar scoil."

Stad sí agus thug faoi deara go raibh a máthair ag éisteacht go cúramach léi agus nach raibh aon easaontas eatarthu a thuilleadh. Bhí áthas ar Neasa. Bhí sé go hálainn a bheith in éineacht lena máthair mar seo ag caint agus ag insint rudaí di. Bhí siad an-dlúth lena chéile an lá sin.

Chuir a máthair spéis i ngach rud. Níor stad sí leis na ceisteanna.

"An mbíonn sé dian ort sa siopa?" ar sí. Dúirt Neasa nach raibh sé ródhona.

"An bhfuil na praghsanna ar eolas agat? An mbíonn tú measctha leo?" Dúirt Neasa nach mbíodh sí rómheasctha. D'fhiafraigh a máthair di mar gheall ar na custaiméirí.

"Is maith liom an siopa," arsa Neasa agus d'inis sí mar gheall ar an bhfear a bhí ar thóir na gcoinnle.

"Cad mar gheall ar an sparánacht?" arsa Neasa i ndeireadh na dála.

"Theastaigh uaim tusa a fheiceáil," arsa a máthair léi. "Agus dúirt bainisteoir an choláiste gur féidir liom an togra a bhí ar siúl agam a chríochnú sa bhaile."

"I ndáiríre?"

"I ndáiríre."

Cheannaigh a máthair *jeans* nua di. Chaith siad an Satharn ar fad le chéile agus bhí sí spíonta nuair a tháinig siad abhaile. Chuaigh sí isteach sa leaba an oíche sin agus cheap sí go dtitfeadh sí ina codladh láithreach. Bhí a máthair ina codladh i seomra leapa taobh léi. Theastaigh uaithi labhairt lena máthair mar gheall ar an amhras a bhí uirthi i leith Dhúghlais ach ní fhéadfadh sí. Ní fhéadfadh sí é sin a phlé léi. Bhí sé ró-chasta. Bhí a máthair tar éis dlúthdhioscaí agus bróga áille a cheannach di. Bhí sí ann an t-am ar fad ag faire uirthi.

"Ní gá duit aon phiollaire a thógáil," arsa a máthair léi. "Tá tú foirfe, nach bhfuil a fhios agat é sin," ar sise léi nuair a bhí an bheirt acu ag siúl síos ar an gcé. "An raibh tú ag iarraidh meáchan a chailleadh? Nach bhfuil a fhios agat go bhfuil tú tanaí cheana féin, go bhfuil tú ag fás fós? Nach bhfuil a fhios agat go bhfuil bia ag teastáil uait, go bhfuil sé riachtanach?"

Ní raibh sí ag éisteacht. B'fhéidir dá mbeadh a hathair in éineacht léi, go bhféadfadh sí labhairt. Go minic, smaoinigh sí ar a Daid ach ní raibh aon scéal cloiste aici uaidh le dhá sheachtain. Bhí sí ar buile leis. Murach sin, chuirfeadh sí glao air agus d'iarrfadh sí air cad ba chóir di a dhéanamh maidir leis an ngadaíocht sa siopa agus maidir le Dúghlas. Mar shampla, a déarfadh sí leis, cad a tharlódh dá mbeadh aithne agat ar ghadaí? Sin í an cheist a d'ardódh sí leis. An cóir do dhuine rud éigin a dhéanamh faoi? An cóir a rá leis na Gardaí go bhfuil uimhir ghutháin agat dó? An mbeadh sé sin tábhachtach? An bhféadfaidís teacht ar an ngadaí go héasca sa tslí sin? Sin iad na ceisteanna a chuirfeadh sí ar a hathair, dá mbeadh sé ann, ach ní raibh sé ann.

Bhíodh a hathair mar chosaint aici i gcónaí ó chuile rud ach bhí sí léi féin anois. Chuir rudaí isteach uirthi. Ag seasamh i ndoras an tsiopa, bhí torann na mbád, ruaille buaille na bhfaoileán agus briseadh na dtonn de shíor á bodhrú. Thar aon rud eile chuir na faoileáin isteach go mór uirthi. Dá mbeadh a hathair in éineacht léi, chosnódh sé í ar na héin ghránna sin. Nuair a stop sí ag obair sa siopa, chuala sí iad mar lean siad leis an gclampar. Nuair a dhreap sí suas an staighre chun a seomra bhí siad ann ag síorsceamhaíl.

Ar maidin go rialta, nuair a dhúisíodh sí, bhí baothracht gháire * na bhfaoileán ag líonadh an tí i gcónaí. Ní bhíodh mórán cainte ar siúl acu sa chistin ar maidin. Bhíodh leite, calóga arbhair nó múslaí le hithe ag an mbeirt agus níor thug siad aon aird uirthi riamh. Ansan, d'ólfaidís cupáin tae agus d'íosfaidís píosa tósta. Bhí siad róghafa le hullmhúchán a mbricfeasta féin chun súil a choimeád uirthi agus dá bhrí sin shuigh sí gach lá in éineacht leo sa chistin ag éisteacht le *Morning Ireland* ar an raidió, ag doirteadh amach an tae, i mbun a brionglóidí féin. Nuair a tháinig a máthair, bhí uirthi a bheith cliste ag iarraidh ligean uirthi go raibh sí ag ithe.

Ach de réir a chéile, thosaigh a máthair ag bualadh lena seanchairde agus ag baint taitnimh as a baile dúchais agus bhí Neasa saor uaithi mar bhíodh sí imithe ón teach go minic ar maidin nuair a dhúisíodh sí.

Bhí caifitéire agus mála caife tugtha ag Lilí di mar bhronntanas agus as sin amach dhein sí cupán caife agus gheobhadh sí *croissant* ón siopa gach lá chun a bheith ag 'imirt' leis. Bhí ríméad ar Neasa. Thaitin an caifitéire go mór léi. Bhíodh Séimín borb ar maidin gan ach abairtí gonta nó gnúsachtaí uaidh. Cheap sí go raibh sí ag maireachtáil i gcró na muc nó i dteach na gcearc uaireanta agus bhíodh sí ar buile leis.

Thagadh fear an phoist ar maidin. Théadh Lilí amach chun na litreacha a bhailiú uaidh ag an doras. Maidin amháin, tháinig Lilí ar ais ón halla agus litir ina lámh do Neasa.

"A Neasa, tá litir anseo duit ó do Dhaid, measaim," a chuala sí. A hathair! Litir uaidh! Stad sí. Leag sí síos an cupán agus d'fhan sí mar a bheadh dealbh, spíonta, marbh ag na pianta a phléasc ina corp. D'ól sí an sú oráistí a bhí doirtithe amach ag Lilí di, tart millteanach uirthi. A lámha ar crith, léigh sí an nóta óna hathair. Bheadh sé sa chathair an oíche dár gcionn. Ar mhaith léi bualadh leis le haghaidh béile. Bhí sé ag obair ar chás ach theastaigh uaidh í a thógáil amach le haghaidh dinnéir agus am a chaitheamh in éineacht léi dá mba mhian léi.

"Rachaidh an bheirt againn amach go dtí an bhialann is áille sa chathair," a scríobh sé. "Is féidir leat gléasadh suas agus beidh seans againn comhrá breá a bheith againn le chéile. Ar mhaith leat é sin?"

De ghnáth, bhíodh sé ag obair ar fud na tíre agus ní fhaca sí é chomh minic sin. Léim sí suas agus dhein sí rince timpeall an urláir. Thug sí barróg dá seanmháthair. Bhí sceitimíní uirthi ar feadh an chuid eile den lá.

Shleamhnaigh an lá agus an mhaidin dár gcionn. Conas a chuirfeadh sí an t-am isteach? Níor ith sí greim idir an dá linn ionas go mbeadh sí foirfe dá hathair nuair a thiocfadh sé.

Chuaigh sí amach chun labhairt le hAodán. Nuair a d'fhill sí bhí a hathair tagtha. D'athraigh a dearcadh láithreach agus tháinig an ghrian amach. D'ullmhaigh sí í féin go tapaidh. D'fhág sí a máthair ag caint le Lilí agus d'imigh sí in éineacht leis go dtí an baile mór.

Bhí a hathair ard, fáilteach, teochroíoch agus cineálta. Bhí miongháire álainn aige agus d'fhéadfadh sé Neasa a chur ar a suaimhneas go han-éasca. Níor ghá dó ach féachaint uirthi lena súile gorma agus a mhiongháire oscailte ... Bhí croí Neasa lán de ghrá dó. Chuaigh siad amach le chéile ag siúl ar an trá agus ar an gcé, chuaigh siad go dtí bialann sa chathair le haghaidh béile agus labhair siad mar gheall ar chúrsaí an tsaoil. D'fhan siad ag caint is ag pleidhcíocht ar feadh i bhfad.

Ar an mbealach amach as an mbialann, bhí garda ina sheasamh ar an gcosán. D'aithin a hathair é agus stop sé chun heileo a rá leis. D'fhan siad ag cogar mogar ar feadh cúpla nóiméad. Chuala sí focal nó dhó uathu. 'Drugaí', 'sceitheadh', 'sceimhle' agus 'gaiste'. Thuig sí go raibh siad ag caint mar gheall ar fhadhb na ndrugaí sa cheantar.

D'fhág sé slán ag an ngarda agus d'imigh sé in éineacht le Neasa go dtí an carr.

"Cén jab atá ar siúl agat, a Dhaid?" a d'fhiafraigh sí de agus iad ar an mbealach abhaile.

"Tá duine ag feidhmiú sa cheantar atá dainséarach. Tá drugaí á ndíol aige."

"Cad iad na drugaí atá á ndíol aige?"

"Ó, meascán. Tosaíonn daoine ar tháibléid ach leanann siad ar aghaidh agus taobh istigh d'achar beag bíonn drugaí níos láidre á lorg acu."

"Tá a fhios agam." D'fhéach a hathair uirthi. "Bhuel, is féidir liom a shamhlú," ar sí. D'fhéach sé uirthi go géar.

"Níl aon chur amach agatsa ar rudaí den saghas sin, an bhfuil?" ar sé. Bhí faobhar ar a ghuth.

"Níl," ar sí láithreach, a guth an-íseal. Ní fhéadfadh sí aon rud a rá leis faoin taithí a bhí aici féin. D'fhan sí ina tost.

"Tá na piollairí an-dainséarach, tá mé á rá leat. Tugtar isteach ón mBrasaíl iad ach tá sé an-deacair na mangairí a aithint. Seachain strainséirí fad is atá tú amuigh le do chairde sin áit seo," ar sé. "Ní bheadh a fhios agat cad atá ar siúl acu. Tá siad an-chliste, agus an-ghalánta, cuid acu, agus an-sleamhain. Tá sé ag tógáil an t-uafás ama orainn. Sin é an fáth a bhfuil mé anseo. Tá mé ag obair ar an gcás sin ag iarraidh eolas a bhailiú. Táimid ag tochailt an t-am ar fad ach ní féidir linn leanúint ar aghaidh leis go fadtéarmach. Sin í an fhadhb. Beidh orainn éirí as go luath mura mbrisfimid isteach ar an gciorcal. Tá siad tar éis gréasán díolacháin a bhunú san oirdheisceart. Táimid i bponc. Tá an saoiste* an-chliste agus an-chúramach. Cad is féidir linn a dhéanamh?"

D'fhéach Neasa amach trí fhuinneog an chairr. Bhí sí gafa. Mangaire drugaí a bhí á lorg ag a hathair agus bhí uimhir ghutháin aici dó. Fós d'fhan sí ina tost. Ní dúirt sí focal mar bhí a fhios aici go mbeadh a hathair ar buile léi. Ní thuigfeadh sé. Bhí áthas an domhain uirthi a chomhluadar a bheith aici ach ní fhéadfadh sí a admháil go ndearna sí botún. Bheadh uirthi an phraiseach a ghlanadh í féin. Bheadh uirthi rud éigin a dhéanamh. Thosaigh sí ag smaoineamh ar sheift dhainséarach. Ní bheadh sé chomh deacair fianaise a fháil ó Dhúghlas agus é sin a thabhairt dá hathair agus do na Gardaí. Bhí téipthaifeadán aici. Dhéanfadh sé sin an chúis. Bhí Dúghlas tar éis airgead a ghoid óna seanathair agus ise a bhí ciontach. Dhein sí rún fianaise a bhailiú uaidh agus é sin a thabhairt dá hathair. Sa tslí sin, ní bheadh a hainm ceangailte leis in aon chor.

"Níl leide ar bith againn," ar sé agus é ag féachaint ar Neasa, mar a bheadh sé ag súil le treoir de shaghas éigin uaithi.

"Dá mbeadh a fhios againn cá raibh sé ina chónaí nó cén t-ainm a bhí in úsáid aige! Ach tá sé ag sleamhnú uainn an t-am ar fad!"

"Tá mé cinnte go n-éireoidh libh," a dúirt Neasa.

"Tá súil agam é. Táimid ar thóir duine atá ag éirí an-chumhachtach sa deisceart ach níl aon fhianaise dhaingean againn go fóill beag. Tá mangairí drugaí aige ag obair ar fud an chúige ar a shon. Ceapaimid go bhfuil seisear ag obair mar sin dó ag díol piollairí de gach saghas."

D'fhéadfadh sí rud éigin a dhéanamh chun cabhrú leis ach d'fhan sí ina tost go fóill beag. N'fheadar an bhféadfadh sí gaiste a ullmhú do Dhúghlas agus sa tslí sin, d'fhéadfadh sí cabhair éigin a thabhairt do na Gardaí gan fhios dá hathair. Nuair a d'fhág sí slán ag a hathair, bhí Neasa den tuaraim go raibh seift aici conas cabhair a thabhairt dó.

Sa bhaile, d'fhéach sí ar na piollairí a bhí aici. Bhí a stór príobháideach i bhfolach aici i gcónaí i mbuatais ard amháin ina seomra codlata. D'fhéach sí ar uimhir theagmhála an mhangaire chomh maith.

Ar ais ina seomra leapa, thriail sí ceann amháin de na piollairí dubha. Láithreach, mhothaigh sí an teas, an teannas, an tuile feirge ina corp. Cá raibh sí, an tseanbhean mhallaithe, a seanmháthair, a garda príosúin? Chuaigh Neasa go réidh go barr an staighre, d'éist sí go dtí gur chuala sí fothram sa chistin thíos. Chuala sí í ag útamáil thíos ann, ag ullmhú rud éigin gránna le hithe chun lóin. Dhreap sí síos an staighre ar nós luiche. Bhí an tua in airde aici agus í ag sleamhnú go réidh chuig an doras. Mhothaigh sí an neart agus an tsoiléireacht ina cuid gluaiseachtaí. Ach sa deireadh stad sí agus chuaigh sí ar ais. D'ardaigh an fón póca agus bhrúigh sí uimhir Dhúghlais.

16. Cuireann sí an plean i bhfeidhm

Thuig sí go raibh custaiméirí agus airgead á lorg ag Dúghlas i gcónaí. Chuir sí téacs chuige á rá go raibh sí gann ar phiollairí. Fuair sí glao ar ais uaidh láithreach. Bhí sé sa cheantar mar a tharla sé. Bhí sé crosta agus drochbhéasach mar ba ghnách leis ach ba léir di go raibh áthas air cloisteáil uaithi chomh maith.

"Cheap mé go raibh dearmad déanta agat orm. Cheap mé go raibh tú éirithe ró-ardnósach" ar sé.

"Ba mhaith liom bualadh leat, a Dhúghlais," ar sí go meallltach. Chuala sí an drochamhras ina ghuth nuair a d'fhreagair sé an guthán. Níor thuig sé go bhféadfadh na piollairí go léir a bheith imithe ach d'iarr sé uirthi bualadh léi sa chathair. Mheabhraigh sí dó nach raibh aon mhodh taistil aici. Ba léir nach raibh sé seo sásúil ar chor ar bith. Bhí sé ciúin ar feadh nóiméid ach sa deireadh labhair sé.

"Ceart go leor ach beidh siad níos costasaí, tá a fhios agat, dá bharr sin," ar sé, a ghuth ag éirí ard agus agus dul i ndéine. "Agus níl uaim bualadh le haon duine eile, tá mé á rá leat," ar sé. Bhí sé bagrach. Thuig sí go bhféadfadh sé foréigean a úsáid. Réitigh siad bualadh le chéile agus shocraigh siad ar am – a dó a chlog ar maidin. Bhí sé beagnach ina mheán oíche. Bhí dhá uair an chloig aici le gach rud a ullmhú.

Thosaigh a croí ag preabadh. Bhí sceitimíní uirthi. Bhraith sí go raibh rud dainséarach á dhéanamh aici ach bhí tábhacht leis an gcoinne seo chomh maith. Coinne tromchúiseach ab ea é seo. Theastaigh uaithi a fháil amach uaidh ar dtús cá raibh sé ina chónaí. B'fhéidir go ndéarfadh sé léi cad as ar tháinig na piollairí. Bheadh sé sin an-úsáideach. Bhí a fhios aici go mbeadh sí in ann stop a chur leis an bhfear seo.

Chuirfeadh sí aon eolas úsáideach a bhaileodh sí uaidh faoi bhrád a hathar.

Sular fhág sí an seomra, chas sí agus chuir sí slacht air. Shocraigh sí na braillíní ar an leaba agus réitigh sí an chuilt. Réitigh sí na blaincéid fúithi sin. Chíor sí a cuid gruaige. D'fhéach sí isteach sa scáthán agus chonaic sí a haghaidh. Bhí sí an-sásta léi féin. Bheadh bród ar a hathair agus a máthair mar gheall air seo. Bheadh rud éigin le ceiliúradh acu le chéile.

Bhailigh sí a téipthaifeadán as a seomra. Chinntigh sí go raibh na cadhnraí* úra ag obair i gceart agus d'imigh sí chun bualadh le Dúghlas faoi scáth an chalaidh ag deireadh an lae. Sular fhág sí an seomra, rug sí greim ar an tua agus chuir sí isteach i bpóca a cóta é – ar eagla na heagla. Cé nach raibh aon eagla uirthi bhí a fhios aici go raibh dúil ag Dúghlas inti. D'fhéadfá a rá go raibh sé leath i ngrá léi.

Dúirt sí léi féin nach raibh an mangaire seo fíochmhar ná gránna.Bheadh sé éasca buille amháin de seo a thabhairt dó chun é a chiúnú, a cheap sí. Bhí sé an-soiléir ina ceann cad a bhí le déanamh aici. Thaispeánfadh sí dá máthair go raibh sí in ann a bheith freagrach cróga agus fásta suas. Feicfidh siad, a dúirt sí léi féin. Bheadh sé dainséarach ach bhí a fhios aici go gcabhródh sé lena hathair agus go mbeadh sé buíoch di.

Bhain sí an áit amach. D'fhan sí ag fanacht air agus nuair a bhí an ghealach imithe taobh thiar de scamall, chonaic sí é ag sleamhnú ina treo, faoi cheilt i ndorchadas na hoíche, cromtha as radharc. Smaoinigh sí ar Gollum san úrscéal *Lord of the Rings*. Chúlaigh sí siar sna scáthanna ach níor theith sí. Sheas sí go diongbháilte, an tua ina glac aici ina póca agus an téipthaifeadán sa phóca eile, ag fanacht air. Bhí na faoileáin ina gcodladh. Ní raibh puth ghaoithe le mothú ar a leicne. Bhí gach áit ciúin, gach duine ina chodladh. Bhí sí ar bís le teannas agus le heagla, le sceitimíní.

Chuala sí a chéimeanna ciúine ar chlocha na trá. Bhí sé ag iarraidh a bheith ciúin ach chuala Neasa é agus d'fhan sí air go foighneach, go neirbhíseach, go diongbháilte. Bhí modh agus ceisteanna cliste réitithe aici ina ceann. "Nach raibh an t-ádh liom bualadh leat ar an traein? An bhfuil tú i do chónaí i mBaile Átha Cliath nó an lonnaithe i bPort Láirge atá tú? Beidh mé ag dul ar ais go dtí an chathair go luath agus beidh mé ag iarraidh teagmháil a dhéanamh leat arís ansin. An mbeidh tú ar fáil?" Bhí sí cliste. Bhí na Gardaí sa tóir ar an bhfear a thug na drugaí isteach sa tír. Bheadh comhrá deas éadrom acu agus bhaileodh sí blúirín beag eolais uaidh. Ní raibh ach blúirín ag teastáil uaithi. Bhí a fhios aici conas eolas a bhailiú. Ní bheadh sé ag ceapadh go raibh aon rud taobh thiar dá cuid cainte, dá cuid ceisteanna fánacha ach fiosracht agus baothchaint. Bheadh siad ag teacht chun agallamh a chur uirthi níos déanaí. Bhí a fhios aici go bhféadfadh sí stop a chur leis an bhfear seo agus go bhféadfadh sí iallach a chur ar a hathair fanacht sa Phasáiste ar feadh i bhfad ansin.

Bhí dul amú uirthi. Bhí Dúghlas airdeallach an oíche sin, ach go háirithe nuair a thuig sé go raibh Neasa beagáinín as a meabhair: bhí an tua tugtha faoi deara aige. Phléasc sé agus d'úsáid sé a scian uirthi. Ghoill sé air go raibh sí ag iarraidh a bheith glic agus bob a bhualadh air. Nuair a chonaic sé a haghaidh, a súile, a dreach, thuig sé láithreach go raibh uisce faoi thalamh ar siúl aici. Sháigh sé an lann isteach inti go míthrócaireach. Ba chuma leis go raibh sí cairdiúil agus dathúil.

Fuair siad í an lá dár gcionn, caite ar an ngaineamh, a corp á shíorbhogadh ag an taoide, ag teacht is ag imeacht ar imeall an uisce. Bhí a craiceann, a muineál agus an taobh goilliúnach dá dhá lámh le feiceáil chomh bán le sneachta, braonta beaga ag titim ar a craiceann. Bhí sí fuar, chomh fuar le tuama agus chomh ciúin le huaigh faoin am sin. Tháinig an t-otharcharr agus tugadh í go dtí an t-ospidéal i bPort Láirge ach bhí an t-iascaire a tháinig uirthi cinnte go raibh sé ródhéanach di agus chuaigh an scéal thart go raibh sí marbh.

17. Tionchar an ionsaí

D'imigh an t-otharcharr agus bhí ciúnas ar fud an bhaile bhig ar feadh i bhfad ina dhiaidh sin. Bhí an scéal ar fud na meán áitiúil ach níor labhair éinne fúithi sa siopa. Ní bheadh spórt ag fear na dtorthaí ná fear an aráin a thuilleadh. Bhí siad ina staic ag an uafás.

Chuir na Gardaí tóraíocht mhór ar bun chun teacht ar an gcoirpeach a bhí freagrach as an ionsaí fíochmhar seo. Chuir siad bac ar na bóithre mórthimpeall an Phasáiste agus ar na sráideanna sa chathair. Cheistigh siad gach duine – Aodán agus Liam, Séimín agus Lilí, Bairtí agus Tadhg agus an Dr Ó Síocháin. Níor éirigh leo leide amháin a fháil. Ní raibh a fhios acu cén t-ainm a bhí air mar sin ní raibh a fhios acu go raibh Aodán tar éis bualadh le Dúghlas uair amháin.

Labhair siad le bean amháin a bhí in ann a rá leo go bhfaca sí fear agus carr gorm á pháirceáil aige ag cúinne na cearnóige agus é ag dul síos ar an trá. Bhí sé timpeall a dó a chlog, a dúirt sí. Ach bhí sé chomh dorcha nach bhféadfadh an bhean mórán cabhrach a thabhairt dóibh. Ní raibh aon rud acu. Níor smaoinigh an sairsint áitiúil riamh ar chara Neasa, Dúghlás, a bhuail léi ar an tráigh lá na gadaíochta. Mar sin, níor smaoinight sé go raibh aon cheangail idir an slad sin sa siopa agus an fear a rinne an ionsaí uirthi cupla seachtain ina dhiaidh sin. Dá bhrí sin, ní raibh leide ar bith acu. Fear gan ainm, fear gan aghaidh, fear gan ceangal ar bith le duine ar bith a bhí tar éis éalú uathu. Bhí na Gardaí i bponc ceart.

Níor thuig athair Neasa cad a bhí ina ceann nuair a chuaigh sí amach an oíche sin ar chor ar bith. Dé chúis ar cheap sí go bhféadfadh sí stop a chur le coirpeach mar sin agus an lámh in uachtar a fháil air. Dhein siad iarracht a guthán a aimsiú ach bhí sé goidte ag an gcoirpeach agus níor tháinig siad ar an bhfón sin riamh.

Cad a bhí ar bun aici ar chor ar bith? Ghoill sé go trom air agus bhuail sé a lámh i gcoinne a chinn arís agus arís eile. Nuair a chonaic sé í ar an ngaineamh mar sin, bhris a chroí agus thit sé síos ar a ghlúine ar na clocha le racht uafáis. Nach raibh a fhios aici go raibh sé marfach dul i ngleic leis na daoine seo? Lean sé an t-otharcharr ansin, a chroí ina dhá leath, na deora ag sileadh leis.

Bhí drochthionchar ag an an ionsaí ar mhuintir an Phasáiste. De réir mar a shleamhnaigh na laethanta, d'imigh an codladh ó Lilí. Ní fhéadfadh sí luí síos ina leaba sa seanteach a thuilleadh mar bhí sí i gcónaí buartha go dtarlódh rud éigin uafásach do dhuine éigin. Thosaigh sí ag siúl de shíor thíos faoin gcladach ag iarraidh eolas a chur ar an éanlaith a bhailigh ann go laethúil. Chonaic sí eala ar imeall an uisce oíche amháin. Bhí ceann an éin cromtha go brónach agus í ar snámh ar bharr na farraige. Bhí rud éigin draíochtach faoin radharc agus d'éirigh croí Lilí; bhí sí cinnte go raibh baint spioradálta ag an éan bán galánta seo le Neasa. Tar éis uair an chloig, ghread an eala a sciatháin mhóra agus d'imigh sí, braonta uisce ag titim anuas uaithi mar a bheadh uisce coisricthe á chroitheadh aici ar an mball.

D'fhill Lilí ar an mball sin arís agus arís eile ach níor fhill an t-éan cúthail arís. Chuardaíodh Lilí fíor na spéire ach níor tháinig an t-éan ar ais. As sin ar aghaidh, d'fhanadh Lilí ag éisteacht leis na héin mar bhí sí cinnte go raibh sí ag éisteacht le hanamacha na marbh amuigh ar an bhfarraige ag sceamhaíl de shíor. D'inis sí é seo ar fad do Shéimín ach b'annamh a thug seisean cluas di níos mó.

Chaill Séimín spéis sa ghnó. Níor oscail sé an siopa ar feadh seachtaine agus nuair a chuaigh sé isteach ann ansin, bhí an áit fuar agus folamh. De réir a chéile, laghdaigh ar an stoc a bhí ar na seilfeanna. Stad daoine ag dul isteach ann. Ní raibh dúil aige sa ghnó. Nuair a bhí sé oscailte aige, bhí sé crosta le daoine agus d'éirigh sé mífhoighneach le Lilí agus lena iníon, Gobnait, chomh maith. D'fhan sé amach uathu nó shuigh sé sa seomra suí ag stánadh ar an teilifís, neamhaird á tabhairt aige ar gach rud.

Ghoill ionsaí Neasa go mór ar Aodán cé nár aithin sé féin aon mhórathrú. Chuaigh sé ar ais ar scoil i ndiaidh an tsamhraidh agus thosaigh sé ag staidéar don Ardteist ach iad siúd a raibh aithne acu air, thug siad faoi deara go raibh sé níos ciúine agus níos dáiríre. Níor thuig sé conas gur tharla a leithéid d'ionsaí ina bhaile dúchais ar chailín mar Neasa. Ní raibh sé chomh bríomhar is a bhíodh sé ag dul thart ar chor ar bith. Ní fhaca daoine é a thuilleadh ag siúl go scléipeach síos an ché, ach é ag gluaiseacht go tromchroíoch faoi mar a bheadh ualach ag brú anuas air.

Nuair a d'fhill athair Neasa ar a theaghlach nua, thug siad faoi deara nach bhféadfadh sé a bheith spraíúil a thuilleadh. D'éirigh sé críonna go han-tapa.

D'iompaigh a chuid gruaige liath agus thug a chomhghleacaithe faoi deara nach raibh a dhroim chomh díreach is a bhíodh sé a thuilleadh.

Gan amhras, d'fhan máthair Neasa in aice léi an t-am ar fad. Dhein sí dearmad iomlán ar Pháras. Ní fhéadfadh sí aon rud a dhéanamh ach fanacht ag a taobh ag féachaint uirthi, ag feitheamh go ndúiseodh sí, ach ní raibh gíog aisti. Níor bhog sí. Shleamhnaigh na míonna.

Stop Gobnait dá hobair ealaíne ar feadh i bhfad. Chuaigh a cuid inspioráide ar fad i ndísc*. Ní fhéadfadh sí sruth na cruthaitheachta* a aimsiú ar chor ar bith. Chuir sí gach rud ar ceal. D'fhan sí taobh léi ag iarraidh turas deireanach a hiníne a thuiscint. Bhraith sí ciontach an t-am ar fad.

Sular cuireadh Neasa go dtí an t-ospidéal i mBaile Átha Cliath, d'fhan Gobnait sa seomra a bhí ag Neasa nuair a bhí sí ann agus í ag stánadh amach tríd an bhfuinneog, na deora ag sileadh go ciúin léi. Ní fhéadfadh sí titim ina codladh mar bhí sí ag smaoineamh de shíor ar fhulaingt uafásach a hiníne ar imeall na trá is gan éinne ina cuideachta an oíche dhorcha sin.

Ach bhí Neasa in ann breathnú anuas orthu go léir cé nach raibh sí in ann caint. Bhí a spiorad ag eitilt os a gcionn. Bhí sí beo ach bhí sí scoilte ina dhá leath. Bhí sí mar aingeal thuas sa spéir. Ar dtús nuair a bhí sí ina luí ar an trá, a corp gan anam, bhí eagla uirthi go dtiocfadh na faoileáin chun a súile a bhaint amach as a ceann. Bhí eagla uirthi go líonfadh a béal le feamainn. D'fhéach sí ar gach rud go fuarchúiseach. Bhí an tua caite ar an ngaineamh cúpla slat amach uaithi agus a lann ghéar ag gobadh amach uaithi, ag lonrú sa leathsholas mar a bheadh sí ag caochadh a súile go meidhreach i measc na sliogán.

Bhraith sí a spiorad ag éalú uaithi ansin agus bhí sí ar tí imeacht go dtí na Flaithis nuair a chonaic sí an t-iascaire ag teacht ar a corp go luath an mhaidin dár gcionn agus, buíochas le Dia, mhúscail a suim sa radharc arís. Tháinig an t-otharcharr agus na Gardaí. Tháinig an Dr Ó Síocháin agus ar ball beag, tháinig a hathair. Bhí sé thar a bheith spéisiúil. Bhí a hathair ag caoineadh ach ní fhéadfadh sí cabhrú leis cé gur ghoill sé uirthi go raibh sé faoi bhrón.

Ansin, bhog siad a corp, cuireadh ar an sínteán í agus cuireadh isteach san otharcharr í. Bhí fuadar faoi gach éinne. Chuir siad an bonnán ar siúl agus d'imigh siad ar nós na gaoithe. Bhí Neasa an-sásta le cúrsaí san ospidéal mar bhí a hathair agus a máthair in éineacht léi, ag tabhairt aire di, ina teannta cois na leapa an t-am ar fad. Bhí sé sin ar fheabhas. Ba chuma léi go raibh sí tinn. Níor mhothaigh sí rudaí corpartha a thuilleadh. Bhí sí mar aingeal ag eitilt thall is abhus. D'éist sí leo ag argóint agus ag gol. Chonaic sí iad ag teacht agus ag imeacht, at titim ina gcodladh lena taobh, ag féachaint amach an fhuinneog, ag paidreoireacht agus ag féachaint uirthi, ag stánadh uirthi agus ag impí uirthi labhairt leo, ach ní fhéadfadh sí. Bhí sí balbh.

Ní raibh sí marbh ach bhí sí tagtha chuig lánstad. Bhí sí i gcóma, beo ach gan aithne gan urlabhra agus bhí an chuma ar an scéal go bhfanfadh sí mar sin ar feadh i bhfad. Ba chuma léi go raibh siad istigh in ospidéal. Bhí siad in éineacht léi agus bhí greim aici orthu sa tslí sin. Bhí an dainséar ann go bhfanfadh sí mar sin go deo. Bhí na dochtúirí buartha fúithi mar dúirt siad go raibh sí an-socair. Níor cheap éinne go mairfeadh sí nuair a tugadh go dtí ospidéal i mBaile Átha Cliath í.

18. Neasa ag dúiseacht

Lá amháin, mhúscail sí agus mhothaigh sí rud éigin aisteach ag tarlú. Thuig sí go raibh sí ag féachaint ar a mamaí trína súile féin. Bhí a spiorad ar ais ina ceann, ag breathnú ar chúrsaí ó leibhéal an philiúir, an áit ina raibh a ceann. Thuig sí go raibh a spiorad istigh ina corp arís, socraithe isteach ann, mar bhí sí in ann a lámha agus a géaga a mhothú. Dhein sí iarracht iad a bhogadh ach theip uirthi. Fós, den chéad uair, thuig sí go raibh sí ag féachaint ar rudaí trína súile féin, óna piliúr féin agus léim a croí le sceitimíní. Bhí an bheirt acu ann, ag caint go réidh. D'oscail sí a súile codán beag eile. Chonaic sí an chuma a bhí orthu, go raibh a máthair spíonta agus go raibh a hathair cráite.

D'éist sé lena nguthanna agus thuig sí go raibh sí ina lándúiseacht. Choimeád sí a súile dúnta ar feadh tamaill eile chun éisteacht leo. Bhí an bheirt acu ag caint os íseal. A hathair agus a máthair ag a leaba.

"Is deacair é a chreidiúint," a dúirt a hathair. "Táimid iomlán difriúil anois, athraithe go hiomlán." D'fhéach sé ar Ghobnait.

"Cheap sí i gcónaí go raibh sí ramhar agus ní raibh pioc uirthi! Agus féach uirthi anois," ar sé. D'fhéach sé ar a uaireadóir. "Beidh orm imeacht go luath. Tá sé ag éirí déanach. Tá mé féin agus Jessica ag freastal ar bhainis anocht."

"Ach an bhfuil tú cinnte go mbeidh tú anseo ar an Máirt?" arsa a máthair leis. Bhí a guth lán d'amhras ach bhí sí lách leis.

"Tá mé go hiomlán cinnte. Tá sé ráite agam leis an sáirsint. Ná bí buartha. Beidh mé anseo. Ceart go leor?" ar sé.

"Ceart go leor," ar sí. D'éist Neasa leis an mbeirt acu, cé chomh cneasta is a bhí siad lena chéile.

"Ní theastaíonn uaim í a fhágáil léi féin. Tá a fhios agam go bhfuil clann nua ort."

"Beidh mé anseo. Tá sé tábhachtach go rachfása abhaile. Níl néal codlata faighte agat le fada," ar sé.

Sheas a hathair agus d'fhág sé slán ag Gobnait. Chrom sé agus phóg Neasa ar a clár éadain sular imigh sé.

Bhí Gobnait ag féachaint go géar ar Neasa. D'fhéach Neasa ar ais uirthi. Bhí tuiscint éigin eatarthu cé nach raibh Neasa in ann labhairt.

"A chailín álainn, an bhfuil tú istigh ansin?"

Dhein Neasa iarracht miongháire a dhéanamh ach níor éirigh léi.

"Tá a fhios agam go bhfuil tú ann," arsa a máthair léi. Chuimil sí grua Neasa. "Tá a fhios agam istigh i mo chroí go bhfuil tú ag éisteacht liom. Is tusa mo pháiste a cheanglaíonn mé leis an saol, is tusa an ceangal atá agam leis an saol mar a bhí, mar atá agus mar a bheidh go brách, mar a bheidh i gcónaí," ar sí. "Bíodh a fhios agat é sin, a Neasa. Cé go mbím ag taisteal agus ag obair, ní athróidh d'áit i mo chroíse go deo. Ní bhogfadh aon rud d'áitse istigh anseo."

D'éist Neasa léi agus mhéadaigh a croí le háthas. Dhein sí iarracht focal a rá ach ní fhéadfadh sí. Fós dhein sí fothram éigin agus shuigh a máthair suas díreach agus d'fhan sí mar a bheadh dealbh inti.

"Abair arís é, a Neasa. Abair arís é."

Dhein Neasa iarracht eile rud éigin a rá ach arís níor éirigh léi. "Aaaaarrrrgh" a tháinig amach ach fós léim a máthair agus ghlaoigh ar an mbanaltra.

"Ceapaim go bhfuil sí ina dúiseacht," ar sí. Bhí siad gnóthach ansin ag iarraidh a brú fola, a cuisle, a súile agus a teanga a mheas. D'éirigh Neasa traochta arís agus thit sí ina codladh. Nuair a dhúisigh sí bhí a hathair ina shuí in aice léi ag féachaint go géar uirthi.

"An bhfuil tú ag éisteacht liom, a Neasa, a chailín? An bhfuil tú ann, a stóirín?" Shín sé rud éigin chuici. Grianghraf de Jason a bhí ann.

"Seo Jason. Is carachtar ceart é," a dúirt a hathair. "Bíonn ár lámha lán aige, mise á rá leat. Tá sé trí bliana d'aois anois. An gcreidfeá é sin?" D'fhéach sé arís ar phictiúir a mhic sular chuir sé ar ais ina phóca é. Arís, d'fhéach sé go géar ar Neasa agus labhair sé os íseal léi. Ní fhéadfadh Neasa bogadh ach d'éist sí go cúramach leis.

"A Neasa, ba mhaith liom a rá leat chomh maith nach féidir le Jason d'áitse i mo chroíse istigh a ghlacadh. Ní sháróidh éinne an áit atá agatsa i mo chroí. Bhí tusa ann ar dtús. Beidh tusa ann ag an deireadh. Ní féidir le héinne an áit speisialta sin a shárú. B'fhéidir nár léirigh mé é sin duit i gceart duit nuair a bhí tú folláin ach sin í an fhírinne. Tá súil agam go gcreideann tú mé, a Neasa. Is tusa m'iníon ansa."

Arís, líon croí Neasa le háthas. An uair seo, nuair a dhein sí iarracht bogadh, thit a lámha amach as an leaba agus léim a hathair. Thóg sé a lámh agus choimeád sé ina lámh féin í. Bhraith Neasa teocht a láimhe agus d'fhéach sí go grámhar ar a daid. Bhí a cheann cromtha aige agus bhí an chuma air go raibh sé ag guí.

Chuaigh an t-am ar aghaidh go mall. Shleamhnaigh na laethanta isteach ina chéile. Tháinig a cairde isteach chun í a fheiceáil. Sheas Sorcha, Róisín, Christine agus Jackie mórthimpeall uirthi, aghaidh bhrónach orthu.

"Tá sí an-mhílítheach, nach bhfuil?" arsa Sorcha.

"Tá, agus níl inti ach creatlach. Féachann sí go dona ar fad," arsa Christine agus thosaigh sí ag gol.

Bhí an chuma ar Jackie go raibh sí ar tí caoineadh chomh maith.

"An gcloiseann sí muid, an dóigh libh?" arsa Sorcha.

"N'fheadar," a d'fhreagair Jackie go hamhrasach, ag féachaint ar an meaisín casta a bhí ceangailte de Neasa. "Tá an-chuid píobán ann, nach bhfuil?" ar sí.

"Tá sé scanrúil," arsa Róisín. "Tá siad curtha isteach inti in áiteanna éagsúla, ceapaim. Féach ar an gceann sin ar chaol a láimhe. Tá a lámh ar fad corcra agus gorm aige."

"Ó, ná taispeáin dom aon rud mar sin," a d'impigh Christine uirthi. "Tá sé uafásach."

Ach d'fhéach an ceathrar acu ar lámh Neasa agus lean siad an píobán go dtí an meaisín taobh léi. D'éist siad le cuisle an mheaisín sin ag bualadh go rithimeach in aice le Neasa agus an anáil phiachánach a ghlac Neasa go rialta tríd an masc. Ní raibh fothram eile sa seomra.

"B'fhéidir gur cheart dúinn imeacht," arsa Róisín.

"Is ceart," arsa Sorcha.

"Cinnte," arsa Christine, ag dul i dtreo an dorais.

"Ní maith liom an áit seo, ba mhaith liom imeacht," arsa Jackie. Bhí siad ar aon fhocal. Ní fhaca siad an iarracht a dhein Neasa a méara a ardú chun slán a fhágáil leo. D'fhan sí sa leaba agus éadóchas uirthi an lá sin. Theastaigh uaithi imeacht leo ach bhí sí fágtha sa leaba léi féin go dtí gur fhill a mamaí.

Tháinig Aodán chun í a fheiceáil. Shuigh sé ar chathaoir agus d'fhéach sé ar a haghaidh. Tar éis tamaill d'fhéach sé amach an fhuinneog. Choimeád Neasa súil ghéar air ach níor thuig Aodán go raibh Neasa ag féachaint air agus í ag machnamh ar a laethanta saoire sa Phasáiste. Chas sé ar ais ar Neasa. D'fhéach sé uirthi. Tar éis tamaill, sheas sé, d'ardaigh a lámh agus d'fhág slán ag Neasa.

"Tabhair aire," ar sé go cúthail agus d'imigh an doras amach.

19. Na míonna a lean

Tháinig sí tríd in ainneoin tuairim na ndochtúirí. Mhothaigh sí go raibh sí tar éis dul trí chró na snáthaide agus go raibh sí ar an taobh eile anois, snáithe a saoil ag dul ar aghaidh arís. Tháinig biseach uirthi de réir a chéile agus chomh luath agus a bhí sí in ann labhairt, tháinig na Gardaí chuici. Bhí cabhair á lorg acu. Dhein sí cur síos ar Dhúghlas dóibh, na tatúnna ar a lámha agus dath a chuid gruaige. Bhí cabhair phráinneach á lorg acu i gcónaí mar bhí siad fós ag bailiú fianaise agus ag iarraidh an coirpeach a ghabháil agus a chúiseamh. B'fhéidir go mbeadh sé in ann a gcuid ceisteanna a fhreagairt mar gheall ar na drugaí mídhleathacha a bhí ar fáil sa deisceart. Ach níor éirigh leo aon rud a aimsiú.

Ag deireadh na bliana, chuaigh sí abhaile lena máthair agus de réir a chéile d'éirigh sí láidir arís. Bhí Milí, a puisín, ar ais ina dteannta sa teach freisin. D'fhan sí sa bhaile ar feadh i bhfad go dtí go bhfuair sí cead ón dochtúir dul ar ais ar scoil.

Níor imigh sí ar ais ar scoil. Bhí sí chun tosú arís san athbhliain. Thosaigh a máthair ag obair mar ealaíontóir arís agus bhí an bheirt acu sona sásta sa bhaile le chéile. Bhí táibléid le tógáil ag Neasa anois ach ní raibh aon drochthionchar acu uirthi. Uaireanta chuimhnigh sí siar ar na piollairí a fuair sí ó Dhúghlas agus chroith sí a ceann. Bhí sí seanchríonna anois. Bhí sí den tuairim nach raibh sí amaideach a thuilleadh. Caithfidh go raibh mé as mo mheabhair, a cheap sí.

Bhí athair Neasa an-ghnóthach mar ba ghnách leis. Bhí sé gafa le cúrsaí oibre gach lá den tseachtain ach amháin an Mháirt agus an Aoine nuair a tháinig sé chun í a bhailiú. Chaith siad na tráthnónta agus na hoícheanta sin le chéile ina theach nua. Bhí Jason ag fás agus bhain Neasa an-spórt as agus ní raibh Jessica ródhona.

"Conas mar a bhraitheann tú anois, a Neasa? An bhfuil tú níos láidre? Bhain tú geit an-mhór asainn," arsa a hathair léi oíche Aoine amháin nuair a bhí sí in éineacht leis agus le Jessica agus le Jason sa seomra suí.

"Tá mé ceart go leor," ar sise.

An lá dár gcionn chuaigh an ceathrar acu amach ag siúl. Bhí an ghrian ag taitneamh agus blas samhrata ar an lá. Chuaigh siad ag spaisteoireacht le hais Abhainn na Life.

D'fhan Neasa cóngarach dóibh mar i ndiaidh an ionsaithe bhí sí neirbhíseach in áiteanna oscailte mar sin. Lean siad orthu go mall ag éisteacht leis na faoileáin ag béiceadh agus le corr-bhád a chuaigh tharstu.

Ag bun an chosáin, shuigh an triúr acu síos ar bhinse agus chuir Neasa a leasdeartháir óg ar a glúine. Bhí Jason lán de spraoi. Bhí sé trí bliana go leith d'aois agus fiosrach faoi gach rud. Theastaigh uaidh scrúdú a dhéanamh ar an slabhra a bhí á chaitheamh aici. B'fhéidir go raibh sí faoi cheilt ag an bpáiste nuair a bhí sí ag imirt leis agus b'fhéidir gurb é sin an fáth nár thug Dúghlas faoi deara í ar an gcosán nuair a chuaigh sé thairsti. Ach nuair a d'fhéach Neasa suas, cé a bhí ag dul thar bráid ach a mangaire drugaí pearsanta, Dúghlas. Chúlaigh sí isteach láithreach agus choimeád sí an-chiúin. Bhí eagla an domhain uirthi. Thosaigh sí ag crith. Thug a daid faoi deara go raibh sí scanraithe.

"Sin é. Sin é an mangaire drugaí, sin é m'ionsaitheoir," ar sise leis os íseal. Rith sé ina dhiaidh agus rug greim air. Níor éirigh leis an mangaire drugaí éalú uaidh an uair seo cé gur dhein sé tréaniarracht agus cé gur thóg sé scian as a phóca ach bhí seantaithí ag a daid ar a leithéid de choirpeach agus d'éirigh leis stop a chur leis.

Tharraing sé amach as an gcosán é agus thug go dtí beairic na nGardaí é. Lean muintir na cathrach ag brostú thart. Lean na faoileáin ag sceamhaíl agus lean an ghrian ag ísliú go bun na spéire. Níor stop aon rud ag bogadh. Lean an domhan ag casadh agus de réir a chéile, lean croí Neasa ag imeacht go réidh. D'imigh an scanradh. D'éirigh sí cróga arís ach go háirithe nuair a thuig sí go raibh Dúghlas faoi ghlas. Cúisíodh é cúpla lá ina dhiaidh sin. Bhí ar Neasa fianaise a thabhairt sa chúirt cúpla mí ina dhiaidh sin agus dá bharr sin cuireadh i bpríosún é ar feadh tamaill fhada.

20. Clabhsúr

Nuair a chuaigh Neasa isteach sa chúigiú bliain ar scoil, chuir a cairde fáilte is fiche roimpi. Bhí cuid mhaith dá cairde imithe ar aghaidh agus ag iarraidh socrú síos chun scrúdú na hArdteiste a dhéanamh ach bhí an-áthas orthu Neasa a fheiceáil ar ais; de réir a chéile, áfach, thug siad faoi deara go raibh rud éigin difriúil mar gheall uirthi. Chonaic siad go raibh sí níos láidre inti féin. Bhí sí níos tuisceanaí agus níos gealgháirí leosan agus le gach éinne eile. Bhí sí níos sona sásta leis an saol. Ar bhealach bhí sí níos séimhe agus níos boige. Níor thuig siad cad ba chúis leis an athrú seo ach d'fhoghlaim siad uaithi. Chuaigh Neasa i bhfeidhm orthu agus bhraith siad ar ball go raibh siad féin níos fásta suas ná mar a bhídís. Bhí an saol níos folláine agus níos sásúla i dteannta Neasa. Ghlac siad leis gur rúndiamhair de shaghas éigin a bhí san athrú sin.

Ba í a máthair a ghlaoigh 'samhradh an chéasta' ar an mbliain chinniúnach sin sa Phasáiste Thoir. D'aontaigh Lilí agus Séimín leis sin. Níor dhein Gobnait dearmad go deo ar an ionsaí fíochmhar a d'fhulaing Neasa ná ar na míonna a chaith sí san ospidéal ina dhiaidh sin ina suí lena taobh ag paidreoireacht ar a son agus ar a son go léir. Bhí an t-ádh le Neasa agus léi siúd gur tháinig sí slán. Bhí an t-ádh leo go léir nár mharaigh na piollairí í agus nár mharaigh an mangaire drugaí í an oíche chinniúnach sin.

Gach bliain ina dhiaidh sin, chinntigh máthair Neasa gur chaith sí na laethanta saoire lena hiníon i slí éigin, an bheirt acu ag staidéar, ag péinteáil nó ag ligean a scíthe le chéile. Ach níor ghá di a bheith buartha a thuilleadh mar bhí Neasa níos láidre agus níos neamhspleáiche inti féin; bhí sí níos sine agus níos tuisceanaí i leith a máthar.

An Ghluais

Acmhainn grinn – *sense of humour*
Amhrasach – *doubtful*
Araon – *together*
An-chaidreamh – *great relationship*
Ainnise – *misery*
Bád farantóireachta – *ferryboat*
Bachallach – *curled*
Bagrach – *threatening*
Balcaisí – *garments*
Baothracht gháire – *hysterical laughter*
Barraicíní – *toes, on tip toe*
Barréide – *top*
Bleachtaire – *detective*
Bréan de – *fed up*
Brúcht – *erupt*
Buataisí ceathrún – *thigh boot*
Bríomhar – *lively*
Cadhnra – *battery*
Caimiléireacht – *trickery*
Corraithe – *excited*
Coinbhinsiúin – *conventions*
Coirpeach dainséarach – *dangerous criminal*
Cruthaitheacht – *creativity*
Cumann seilge – *hunting club*
Cumha – *sorrow*
Débhríocht – *ambiguity*
Déistin – *disgust*
Dísc (i ndísc) – *dry up*
Diongbháilte – *steadfastly*
Dídeanaí – *refugee*
Dúnmharfóir – *murderer*
Éadóchasach – *despairing*
Flaithis – *heaven*
Fóinteach – *sensible (clothing etc)*
Folláin – *healthy*
Foirfe – *perfect*
Gaiste – *trap*
Gailearaí – *gallery*
Géarchúiseach – *observant*
Giúrann – *barnacle*

Gníomh marfach – *fatal act*
Go béasach – *mannerly*
Go dúshlánach – *daringly*
Goile – *appetite*
Giuirléidí – *belongings*
Inbhear – *estuary*
Inmheánach – *internal*
Láib – *mud*
Leaba luascáin – *hammock*
Máchail labhartha – *speech impediment*
Méanfach – *yawn*
Mearbhall – *dizzines, confusion*
Mílaois – *millennium*
Míol mór – *whale*
Monabhar – *murmur*
Mí-ámharacha – *miserable/unfortunate*
Mianraí – *minerals*
Míchumasach – *awkward/incapable*
Nathair nimhe – *poisonous snake*
Neamhurchóideach – *innocently*
Príobháideach – *private*
Sceamhaíl – *squealing*
Sárú – *overcome*
Saoiste – *boss/ganger*
Síorchlabaireacht – *constantly prattling*
Sparánacht – *bursary*
Spalladh íota – *parching thirst*
Soineanta – *calmly/innocently*
Strainséirí – *strangers*
Tairiscint – *offer*
Tais – *damp*
Teannas – *tension*
Tosaíochtaí daonna – *human priorities/preferences*
Uafás – *horror*
Uaillmhianach – *ambitious*
Uathoibreán – *automaton*
Uigingeach – *Viking*